Merenda

Paulo Ludmer

Merenda

Contos

Copyright © 2024 Paulo Ludmer
Merenda © Editora Reformatório

Editor:
Marcelo Nocelli

Revisão:
Natália Souza

Design, editoração eletrônica:
Karina Tenório

Imagem de capa:
Natália Gedanken

Dados Internacionais de Catalogação na Publicação (CIP)
Bibliotecária Juliana Farias Motta CRB7/5880

Ludmer, Paulo, 1944-
    Merenda: contos / Paulo Ludmer. — São Paulo: Reformatório, 2024.
    128 p.: il.; 14x21 cm.

    ISBN: 978-65-83362-04-9

    1. Contos brasileiros. I. Título: contos.
L945m   CDD B869.3

Índice para catálogo sistemático:
1. Contos brasileiros

Todos os direitos desta edição reservados à:

EDITORA REFORMATÓRIO
www.reformatorio.com.br

Para Reginaldo Vinha e Marizi.

Sumário

Nota do Autor, 9

Prefácio, 11

Merenda, 17

Diga, Bacalhau, 27

Merengue, 35

A gente se conhece?, 47

Zé, 57

Jenipapo, 65

No sofá preto, 75

Derivadas de guardanapo, 83

Ferreiras, 93

Come, senão..., 103

Bicicleta, 111

Velocidade, 117

Por hoje basta, 121

Nota do Autor

Aos oitenta anos, agradeço a leitura crítica da escritora Miriam Mermelstein, com quem trabalho a escrita desde os anos oitenta do século XX.

Aos onze anos, desejei escrever. No Ginásio do Estado, fiquei encantado pelos poemas de Carlos Felipe Moisés no mural do colégio, no Parque D. Pedro II. Aos quatorze, enviei poemas para a Difusão Europeia do Livro, que não os publicou, retornando com estímulos para que continuasse. Escrevi então dezenas de cartas.

Adulto, recebi incentivos de Berta Waldmann, Roberto Bicelli e André Gravatá, Mel Guterrez, Rosana Zucollo, Reginaldo e Marizi Vinha, Rodrigo Ferreira, José Giannotti, dos irmãos João, Cláudia e Eduardo Quintino, Leonardo Ritzman, Luciano Belmonte, Newton Duarte, Carlos Anísio Figueiredo, Cláudio Ribeiro de Lima, Luiz Lustig, Celia Igel, José Roberto Alves, José Roberto Gonçalves, José Luciano Penido, Leo Kracoviak, Natália Gedanken, Vivian Schlesinger, Roberto Lindeman, Luiz Pedro Biazoto, Jeanette Priolli e Mara Narciso. Peço perdão por omissões, mas foram estruturantes: Luiz Lustig, Julio Frochtengarten, Paulo Lopes

Carvalho, Charles David Kocerginskis, Pierre Mermelstein, Luiz Eduardo e Maria Antônia Magalhães, além de Moises Rabinovici, Celso Ming e Roberto Muller.

Aos cinquenta, após décadas de espera, o genial Massao Ohno publicou minha primeira trilogia. Aos oitenta, eu somava mais de trinta títulos, vide ***www.pauloludmer.com.br***, sendo que Carlos Felipe Moisés prefaciou (até 2017) a maioria. Também ganhei apresentações de Ana Salles, Emerson Oliveira, Fernando Paixão, Noemi Jaffe, Eliane Robert de Moraes, Omar Khouri, Neiva Kadota, Nana Elias, Angela Marsiaj, Ângelo Mendes, Massao Ohno, Tônia Frochtengarten, David Waltemberg, Rita de Podestá e, desta vez, da literata emérita em Maryland (EUA), Regina Igel.

No Tapoé, grupo de escritores da Escrevedeira, conduzido por Noemi Jaffe, compartilho há anos o projeto de narrar. Lá trocamos afeto e crítica — nas manhãs de terças-feiras. Primeiro aprendi com Samir Meserani e Ana Salles, em seguida em longeva oficina, Quarta-Feira, com Moisés.

A melhor arte gráfica devo aos arquitetos Silvia Amstalden e Luis Ludmer, além da Natália Gedanken. Meu site é de Eduardo Musa. Foto e parceria, elejo Vanessa Ferrari, mestre em literatura. Filtros e pitacos vieram de Flavio Cafiero.

Falta citar José Tahan (Realejo), Eduardo Lacerda (Patuá) e o imbatível Marcelo Nocelli (Reformatório), meus recentes editores que aprimoram originais.

Concluo brindando este livro com meus Ludmer — Esther, Silvia, Luis e Pedro, Jairo Moris, além do clarinete de Charles David Kocerginskis.

Prefácio

O nome deste livro, *Merenda*, também identifica uma das narrativas nesta coletânea. No conto, a palavra 'merenda' pode lembrar uma refeição leve e breve, mas os leitores vão dar-se conta de que, numa certa região do nordeste, o verbo merendar tem outro significado, bem longe da tranquilidade que podem trazer uma fatia de bolo ou pão com geleia, por exemplo. Estes torneios semânticos são típicos de parte dos contos aqui apresentados, e nos enroscam, a nós, leitores, de um modo sutil e, ao mesmo tempo, impactante.

Ainda utilizando termos culinários, um prefácio é uma espécie de degustação: serve para mordiscar aqui e ali, isto é, provar de alguns contos por amostras selecionadas do que o festim de narrativas nos aguarda. Estas, neste livro, ora são narradas pela voz do personagem-autor, ora são contadas por um ou mais personagens. Somos envolvidos por ambos os lados, isto porque se encontra aqui uma diversidade de modos de narrar que vão do clássico narrador à espontaneidade dos elementos humanos que povoam os intrigantes contos nesta coleção.

O narrador clássico insere instintivamente (ou não) sua formação profissional, mostrando-se seletivo na escolha de palavras e nos modos de apresentá-las, exigente na sua exposição de fatos e coerências, disciplinado na fabulação da história que desliza nas passagens de começo, meio e fim. O conto "Merenda", epônimo da obra, é um exemplo de um narrador clássico, aquele que conta algo que aconteceu a ele próprio, seguindo a reverenciada escala de começo, meio e fim. O narrador, vindo do sul do Brasil, se encontra em Aracaju, em Sergipe. Dois cenários se desenrolam: o restaurante do hotel onde ele se hospeda, no qual tem início um diálogo entre ele e o garçom que o atende. Na troca entre os dois, o serviçal desfila nomes de comidas típicas regionais, as quais não merecem aceitação de parte do hóspede. O outro cenário, não é no restaurante, é onde a pergunta "Vamos logo merendar?" extrapola a concepção do termo como conhecido pelo viajante paulistano.

Em "Merengue" (outra palavra retirada da culinária, pois significa bolo feito de 'suspiros', claras batidas até endurecerem, açúcar, etc.), o narrador sai de São Paulo para se encontrar com um primo que vive no Rio, depois de muitas décadas sem se verem. No encontro, inicia-se uma descrição subliminar do desencontro das atitudes e aptidões para a vida — o primo do Rio é um famoso médico, professor emérito de uma faculdade, enquanto o narrador se descreve como escritor, sem as honras e glórias recebidas pelo primo. O diálogo entre os dois homens não tem sabor de saudosismo, daí que a metáfora do merengue se ajusta ao derretimento da conversa entre eles. Em outro conto, "No sofá preto", aparece um aspirante a escritor. Nele, o personagem Leo Lara faz críticas explícitas e implícitas ao sistema de concursos literários e à ganância de alguns editores, enquanto lê o romance *Presença de Anita*, o que revela sua apreciação pelo estilo e trama do autor Mário Donato. Esta diversidade de tramas e lugares, alcança os demais contos, como em "Come, senão" e "Velocidade" — mostrando famílias expostas e tensões criadas no seu interior, resultando em episódios dolorosos que atingem as crianças da casa.

Nas vozes espontâneas dos personagens, o autor se afasta e cede a palavra aos habitantes das histórias. Ele some, dá espaço aos que estão firmemente arraigados ao linguajar popular. É uma linguagem que não sofreu restrições escolares ou gramaticais, vinculada e ativada pelo povo na sua autenticidade orgânica, urbana ou telúrica, e insubstituível. Como se estivesse num palco, em "Diga, Bacalhau", o protagonista é um homem rude, brutal, um militar que transfere para a sua vida pessoal a rigidez e a frialdade empreendidas na polícia militar. Os abusos que pratica na turba uniformizada são praticados com membros da família, como dá a entender por sua argumentação numa linguagem veiculada por termos agressivos, hostis e desafiantes. Em "Jenipapo", é a vez de uma mulher falar de si, contando que é de Seridó, no interior do Rio Grande do Norte, mas que viveu em Pernambuco. Sua linguagem, memória e observações são fascinantes — limitadas ao percurso de um ônibus na cidade de São Paulo, ela dá continuidade a seu 'causo' quando o ônibus fica estagnado por causa de uma manifestação na avenida Faria Lima, uma das mais movimentadas da cidade.

O poder de ser um narrador clássico e a sapiência em ceder seu lugar ao verbo local mostram como o escritor tem domínio sobre as normas do idioma português e sobre o linguajar popular, de seiva telúrica ou de fibra urbana. Como ele faz para manejar estas duas correntes é parte do mistério da criação literária.

Paulo Ludmer, o escritor, entra em algumas de suas histórias, sutil e silenciosamente. Em "Merengue", por exemplo, faz uma referência indireta (ou quase) à ideologia dos judeus europeus ao se estabelecerem no Brasil: "queriam que seus filhos se formassem em universidades, que fossem doutores em medicina, advogados, professores". O primo do Rio preencheu os anseios familiares. O 'oleiro das palavras', como o primo paulistano se denominava, não conseguiu esta façanha... tornou-se escritor. Ainda de maneira indireta, ao referir-se a Seridó, no interior do nordeste, talvez faça com que alguns leitores se lembrem de que esta região foi povoada por cristãos-novos, em tempos da Inquisição portuguesa. Lá, muitos praticaram a religião judaica às escondidas e muitos outros seguiram com o catolicismo, como imposto pelos inquisidores. Mas, ao lado destas sutilezas, também ganha lugar expressivo um judeu ortodoxo, no mesmo avião em que o protagonista se encontra (apaixonado por uma moça, corre o mundo atrás dela). O religioso está contando a um menino a parábola do ovo, que roda como a vida, com seus tropeços e andanças... O judaísmo de Ludmer é silente, mas, poderoso: expõe a força dos imigrantes que legam à sua prole o ímpeto para 'subir na vida', principalmente em profissões liberais; vislumbra uma descendente, talvez e sem o saber, dos judeus escorraçados da Península Ibérica e acolhidos em Seridó e, finalmente, revela a figura paternal e filosófica do ortodoxo, que explica à geração seguinte o que se pode interpretar da vida no giro de um ovo...

As narrativas de Ludmer (muito mais do que as que anotei aqui) nos fazem imaginar e pensar, algumas nos trazem momentos de tranquilidade, outras... nem tanto. É esta a função do escritor: fazer com que suas histórias nos envolvam, nos abriguem, nos perturbem e nos agradem. Ele consegue isto tudo. Acreditem. Verifiquem.

Regina Igel

Crítica literária / Professora Emérita
(Ex-docente e diretora do Programa de Português
da University of Maryland, Estados Unidos)

Merenda

Desembarco do Electra II da Varig, o taxista, risonho com poucos dentes, pede para eu falar devagar. "Acima do paralelo 20 não há pressa", ele diz com voz de amêndoa. Conta que ouviu de um passageiro que o paralelo 20 passa pelo Espírito Santo, e se exibe conhecedor da linha imaginária, goteja saber sem meridianos. Amistoso, pretende me introduzir no famigerado costume nordestino de subjugar o tempo. Eu, paulistano, consinto grato e calado. Ele tenta puxar outros assuntos, mas sigo a recomendação de que, em terra estranha, se converse pouco com taxistas. Não se expor demais é prudente e seguro; obedeço disciplinado e haja frases desvitalizadas, ditos de superfície, anéis de rubis falsos. Subjugar o tempo? Só depois que acabarem os horizontes arqueados. Antes, quero participar das nervuras deste mar aquecido, dessa gente de oralidade reverenciada.

Consigo me desembaraçar da bagagem no quarto do Palace Hotel. São tralhas para um longo contrato de trabalho. Por sorte, em Aracaju, não se usa paletó e gravata, nem mesmo em cerimoniais estatais. Um poente deslumbrante indica que é hora do jantar, escureceu nos braços da poesia ou do clichê anacrônico deste sulino. Desço ao restaurante no mezanino. Nesta prisão sem carcereiros, escolho uma mesa de canto. Distingo um indesejável cheiro de cigarro aceso, espaçoso, no modo não estou nem aí, por um tipo de vaqueiro rico, em trânsito, que nunca arpeia do poder, não abdica de suas vontades, esteja onde estiver.

Por favor, peço ao serviçal, quero uma porção de arroz, fritas e ovo estalado, eu mesmo ponho o sal. Cumpro a singradura de comer sem filosofia, desta feita a reboque de pouco silêncio e um fumante de corda mal-encarado. Examino com maior foco ao lado o charuto da roça, evito olhares e provocações de combate, ainda mais de gajo que tem sorriso sem rosto. Ouvi dizer que aqui o vento é impetuoso, primeiro atiram, depois perguntam.

Confiro a cara espaventada do Nildo (nome no crachá do garçom), certo de eu lhe parecer um panaca. Ele aproxima-se espontâneo, mas penso que o meu jeito provoca um armengue, aumentando o estranhamento a meu redor. Preciso me reinventar. Urge frear a transfusão da minha carranca para quem não tem nada a ver com frustrações alheias. Neste teatro universal, o estágio é sulcar o solo com gosto e curiosidade, haja seixos ou parreiras. Cavar com cautela porque ignoramos que aqui a goma da anágua tem som de seda.

Invoco desculpas ao céu, mas não alvejo minha ansiedade. Tampouco tenho biombo, sou transparente, obstinado atrás de sustento: estou engenheiro neste coqueiral, forçando um papel ambíguo, contraditório, com a cobiça engaiolada, afastando o manejo de pincel e a caneta do coração. Aqui, proscrevo desejos de pintar, escrever, fazer música... nocauteado pela realidade. Transbordo num misto de espolio de ideias e de vergonha, de paraquedista e desertor. Por ora, queimo uma fração da vida carregando um fardo de desrazão, musicando um samba apartado de tamborins. Não para menos, cheguei filho de empresária germânica, olhos azuis com pretensões de porta-bandeira da Beija-flor, idioma parafinado, colonizador transformado em tição.

Pescoço respingado de suor, Nildo afrouxa a gravata borboleta vermelha e alarga as vogais. Senhor, temos camarão, caranguejo, lagosta, lagostim ... peixada, bobó, galinha de cabidela... Meu gogó sobe e desce. Já fiz meu pedido, obrigado Nildo.

Chamo logo a pessoa pelo nome, penso que todos abominam a invisibilidade. Seria uma intimidade precoce? Escondo na voz a tristeza dos meus pedregulhos. Deixei mulher, amigos, futuro em São Paulo. Nesse estranho tablado sergipano em que escondo a ignorância em culinária, danço a coreografia do politécnico fingido e sabichão. Enrubesço. Temperado, desfuncional, lucidez conjugada com embriaguez num tablado tropical, ao compasso do mais perturbador dos luares. Sempre haverá alguém que me enxergue.

Troca batata por macaxeira? Nildo não demora a insistir, entoa a melodiosa fala do sertão. Carne de caça, jiboia, jia. Charque ou carne de sol, carne seca com tutu. Trago cerveja gelada com tanajura.

Sinto que me examina legista de meu cadáver. Minha testa franzida sugere que a lista do menu está se alongando demais. Mas o garçom inconsolado aposta num paladar que eu necessariamente possuísse, sua fantasia parte da minha aparência de filho do Cáucaso, Urais, Pirineus ou Apeninos. Porém, esperto deduz que não sou bromélia de arranjo de festas.

Treinado ele teima. Senhor, tanajura frita combina com seu arroz e com feijão de corda. Prove, supera amendoim. Imagina com taioba? Farinha?

Escapo do autocontrole, eu ruborizo, nunca comi nada disso, nem sabia que existia. Fui criança em bairro chique, mimado em apartamento de várias suítes, conheci a cidade pela janela traseira do Lincoln Continental da família, carro pioneiro com comandos elétricos nos anos sessenta do século passado. Comi sempre bifes de carne bovina de primeira. A infância cosmopolita na metrópole foi minha argila. Brincava protegido por fechaduras que desencorajam arrombadores, blindado por casamatas de concreto, atrás de grades protetoras; só faltavam seteiras medievais nas guaritas onde cabiam nichos de metralhadoras.

Valeu, Nildo, bom profissional. Mas não quero. Para sobremesa, tem fruta?

Sapoti, caju, graviola... o ananás, fora de estação, eu desaconselho. De doces, só canjica. Não sobrou nada do almoço: pudim de leite, bolo formigueiro, baba de moça. Periga deu achar um sorvete de açaí. Ah, acho que consigo a sobremesa que os mineiros mais adoram; romeu e julieta, queijo branco com marmelada ou goiabada, isso eu posso servir.

Tem café? Expresso?

Não... Só coado. Responde, já explicitando o tom de desapontamento. Vão ter de precificar meu arroz e ovo porque inexiste essa anedota no menu.

Não, obrigado. Quero uma água mineral com gás, bem gelada.

Era 1970, primeira noite em Aracaju, a se contar entre dezenas, um ano, dois, três? Meu pai falira. Perdi toda a margem de manobra de sustento. Fiquei à mercê dos despojos do acaso nesta forçosa morada — Hotel Palace, um prédio com forma de caixote cinzento estilo Copacabana dos anos 60, sem TV, sem ventilador de teto. Não existia outro. Minha nova residência prometia o acompanhamento da copa do mundo pelo rádio. Engolir solidão entre nada e nada. Doravante, eu passaria meus dias gerenciando custos para o empreendimento de um coronel. Aliás, um tipo raro e novo para mim. Logo na entrevista seletiva, o déspota revelou que depois do almoço faz etc., sim, etc., a mais perfeita imagem de transar que eu conheci. No dia que voltasse para São Paulo haveria de divulgar a prática multidisciplinar de muitos etc. O pior desconforto da trajetória era que a empresa devastava coqueirais nativos no Mangue Seco, litoral norte da Bahia, pois os do sul sergipano já se dizimaram em garrafinhas de leite de coco.

No refeitório, um metro e oitenta e dois de altura, sou atração. Uma garotinha pergunta intuitiva se trabalho em novela da Globo, afinal, minha estatura era incomum naquela época do Nordeste, conjugada com olhos azuis, inadequados sapatos de couro, camisa de manga comprida abotoada, calça de veludo argentino em pleno calorão. Entendo e admiro a livre associação da criança: novela só dá para assistir em Salvador, a quatro horas de rodovia daqui. Ai de mim, viciado em TV, insone crônico de atraves-

MERENDA 21

sar madrugadas grudado na banalidade da tela. Poxa, outra vez, desaponto alguém, agora a guriazinha. Não acerto desde que cheguei.

Se tem Tabasco? Doutor, não. Temos a malagueta forte dos pratos daqui. Acredite, muito forte, não imagina.

E vem meu prato. O pão que mastigo é uma borracha. A janela escancara a Barra dos Coqueiros, dormitório de trabalhadores que atravessam o Serigy numa chalana pública, rio preguiçoso que adiante se junta com o Sergipe, sem pororoca, águas amigas que desaguam no mar. Com efeito, nesse paraíso fluvial, o tempo avança contido, quase imóvel num formato que Zeus o tivesse ancorado num areal. Debaixo de um luar do tamanho do retrato de minha sogra, primor de 1922 dependurado na sala dela, a natureza executa o minueto da água batendo nos barcos. A recepção avisou: quando amanhece, domina um vozerio das traineiras retornadas da pesca. Paralelamente, ao largo, já estavam as primeiras plataformas marítimas de extração de óleo da Petrobrás, elas apenas iniciavam sua tomada da linha do horizonte, lá para o lado de Atalaia Nova, ao sul. As sondas sísmicas usavam explosivos que não ouvíamos, afastando cardumes da pesca. Nove horas da noite, por isso o mar mais quente do que o continente, acolhe o vento da terra.

Lembrei-me da infância, em Higienópolis, na rua Rio de Janeiro, a navegar barcos de papel no meio fio chuvoso sob a proteção da babá. Que eu ganhasse imunologia, justificava a governanta austríaca para o zelador do prédio escandalizado comigo brincando na sarjeta. Chuva e sol, casamento de espanhol, gritavam as meninas em coro pela

Praça Vilaboim. Os navios dos estaleiros infantis, alimentados pelas dobraduras das páginas das revistas *Manchete* e *O Cruzeiro*, desapareciam na correnteza, metros adiante, com foz e cascata no bueiro. Eram abundantes alegrias que o espetáculo de nenhum circo poderia superar.

À esquerda do Palace, o puteiro climatiza o quarteirão inteiro da cidade, emoldura os ouvidos. De lá rola um sonoro baião de Luiz Gonzaga, gênio de Exu consagrado em Caruaru, ídolo de meus pais. Estivesse na Pauliceia, ouviria o Pepino de Capri nas cantinas de Pinheiros ou as Quatro Estações do Vivaldi, nos bistrôs dos Jardins. Aqui, o calorão se coaduna com baião, aroma de dendê. Essa conjugação instiga a vontade de flanar, conversar com as árvores, decifrar a brisa num *myse em abîme*.

Êpa, lá vem um gajo trazendo a conta para eu assinar, o cozinheiro Josué — gorro branco — pretexto para me examinar de perto, o estrangeiro recém aportado. O cuca menciona o Botafogo e o Santos, que jogam na cidade contra o Confiança e o Sergipe. O Pelé, Zito, Pepe, já dormiram aqui e comem e comem e repetem sem parar. Nunca perderam um jogo neste estado, no máximo empataram. O mestre do hotel me aconselha, nesta estreia de emprego com carteira assinada, que experimente amplamente sua cozinha inesquecível.

Para desmanchar a pecha de teimoso, prometo almoçar strogonoff de camarão, apesar do temor pelo estranhamento ingerindo óleo de dendê. Mas, Josué garante que, na cozinha, jamais aconteceu reboliço. Confia nas fadas do destino, nos dizeres imantados na porta da sua geladeira.

Em troca, propõe-se a abrir tudo, exibir o frescor de seus ingredientes, o tanque com os frutos do mar ainda vivos, os legumes e verduras renovados todos os dias. Não me deixará jamais sair sem provar o suco de pepinos. Na verdade, diz, preparo uma festa para cem pessoas duas vezes por dia, mantendo tudo excelente. Começo as cinco horas da manhã, quando chega o pescado no mercado. Nas mesas sirvo encantamento. E ainda aceito serviços de bufê de festas de aniversário, de casamento e batizados pelo estado, num raio de uma a duas horas daqui (Itabaiana, Lagarto, Estância...). Vou enriquecer, meu jovem, volte em cinco anos e verá. Para vender mal, tenho que comprar bem, é o segredo do negócio, essa lição aprendi com os judeus e os árabes de passagem pelo hotel.

Eu comendo meu arroz com ovo, provoco inconformidade em outros hóspedes. Doutra mesa, ouvi de orelhada a voz de contralto de uma matrona, com seu enfático sotaque: ô pêga, olha o gringo fazendo desfeita ao nosso Josué. Arroz e ovo? Cruz credo. De súbito, meu arroz chega grudento, as fritas oleosas. Claro que carne de sol ou carne seca viriam ao ponto, mas, em segredo, adoro arroz branco grudento ao modo japonês. Sorrio.

Forrado o estômago, saio à fresca. Maresia no nariz. Duas galinhas ciscam na calçada com cheiros oleosos que desconheço. O porteiro do Palace brinca comigo, vá pela trilha antes que o mato, alusão ao puteiro, se feche. Aceno complacente para o confiante conselheiro, apesar do calor úmido acelerando a sudorese, uniformizado com blazer amedalhado.

Ele controla a conduta dos hóspedes que se assemelham, conforme aprendeu, quando se depara com o invariável macho solitário: todos saem à esquerda na mesma direção. Às vezes voltam com uma quenga para seus apartamentos. A recepção faz vistas grossas, mediante propina em espécie, bem do jeitinho nacional, e deixa o casal subir pelo elevador. Em reciprocidade, há que pagar o desjejum da adicional. O guardião do Palace se queixa: vem muita carteirada. Aqui o que mais se vê é gente que pergunta "você sabe com quem está falando?", a gerente orienta para me calar. Tem coronel de todo o Norte hospedado aqui.

Sigo a luz que rasteja nas águas, o corredor do desejo. Reconheço um formigar no púbis. Decido espiar o puteiro, cerveja, mulheres no embalo. Abajures vermelhos, cadeiras de metal e mesas de latão com logotipo da Brahma. Chão de lajotas, algumas fraturadas, copos de plástico. Perfume barato no ar. Escorrem suores na pista de uns dez metros quadrados onde, de sandálias, as ninfas requebram desenvoltas, peitos remexidos a prometer prazeres. Único palco bem iluminado. Lingeries pretas e rubras. Aqui puta goza, diz o letreiro na porta do banheiro masculino. Figuro o forasteiro da vez, aquele que gasta mais que os da terra. Represento solvência de aluguel em débito, farmácia, farinha, leite em pó. Quiçá a quimera de um romance.

Me dou conta da própria irrelevância, do falso brilhante no teatro em que todos representam e fingem acreditar. Não há enigmas, só minha carteira com o indubitável dinheiro. Aceita-se cheque. Me acena a covardia na alma, e quando estou pronto para ir embora, um toque no meu ombro. Meu nome é Julinha. Peitinhos infantis em tempo de brincar de bonecas. Ansiosa, olhar aflito, não dá tempo de eu dizer meu nome. Põe suas fichas numa bandeja pecaminosa. Então peço a uma garçonete, de calcinha e soutien, que sirva para a mini donzela uma porção de batata frita e um suco de graviola.

Doutor, estou arretada pra lhe dar carinho, tenho exame de semestre amanhã cedo, vamos logo merendar? Respondo, não. Mas espera aí, abro a carteira desengonçado, dou-lhe uma nota de cinquenta. De bem com São Pedro, sem encontrar melhor postura — de camelo comendo brisas — volto ao meu endereço no oitavo piso, entro no quarto 81, cujas paredes os fantasmas não desdenham atravessar. Deito-me sozinho na cama de cimento, consciente de secar com demônios.

Diga, Bacalhau

Já tocava o clarim da aurora quando eu soube, vestindo a farda no quartel, que o Beto Pica Fina deu baixa, caiu fora do Tático Móvel. Se escafederam com ele. O Boca Mano, o Chico Burro e o Anta do Cordeiro. Não aguentavam mais. No vestiário o Beto comentava que seus nervos escaparam do controle. O Pica Fina cismou que ia tocar fogo em tudo que fosse traveca na Boca do Lixo. Os médicos entupiram o Boca de Rivotril e despacharam ele para casa.

No regimento, todo mundo sabia que o Boca estava arrasado por uma terceira condenação judicial, só porque comeu, na marra, uma putinha num pancadão em Paraisópolis. Se defendia dizendo que a Jéssica bundudinha dava pra toda a galera, por que não daria pra ele também? Eu também sou gente, argumentava o Pica Fina, escanteado pela mina. Resultado: menos companheiros no refeitório. Os quatro patas acabavam com os melhores pedaços de frango no bandejão, mesmo chegando cedo para mim ficava tarde demais.

Ontem, no sabadão, a lua da zona norte tava que tava, e o filho da puta do Zelão Girafa engoliu de propósito um tanto de sardinha velha. Parece criança, mala sem alça.

O chinfrim passou a noite cagando. Eu já tinha visto de tudo, mas colega ganhar folga comendo enlatado estragado foi novidade. Com o frio, também nem se sabe onde foram parar todas as moscas do refeitório.

Por causa desses merdas me convocaram pra cobrir o plantão desse domingo. Foda-se. Minha mulher é que logo vai me encher o saco repetindo a mesma fala de vinte anos. Que pena, você falta na mesa do macarrão? Eu tinha prometido levar a patroa na Liberdade, na missa das causas perdidas ou sei lá que porra de missa ela inventou dessa vez. A igreja é de Santo Expedito, isso mesmo, aquela cheia de pomba arrulhando por migalhas, fazendo a gente escorregar na sua porcariada. Minha mulher me agradece quando vamos lá, mal sabe que cansei da voz dela, outra pomba só arrulhando pro resto da vida na minha escolta.

Um dois, um dois. À puta que os pariu, jegues sem noção, seus castrados, mando enfiar no cu quando ouço os cretinos em marcha repetindo o sargento, gastando a respiração. Só de pensar que eu tive nisso. Bosta de milicada, odeio essas marchas no pátio, ainda mais cantando o salve o lindo pendão. Nem sei como aguentei tanta demência. Mas, Nossa Senhora, finalmente tô na bica de vomitar esse sapo. Mais dois dias, e me aposento. Chega, porra. Deus é pai. Vida só ganhei essa.

Bacalhau, nunca passei na prova de subir em árvore pela corda, conto pra você, me arrepiava só de saber o dia do exame. Tenho quilos a mais na cintura, valem por um saco de cimento, escondo quanto posso, mas eu sinto. Dia de subir em árvore era pesadelo, às quatro horas da matina.

Topei pagar uma rachadinha com o tenente Euzébio para ele me dar nota C, o mínimo que eu precisava para prosseguir sem ser expulso da tropa. Foi no cantinho, no estábulo, onde ele recebeu a paga, mas a segunda parcela foi no puxadinho da lavanderia. Bacalhau, você ainda pode precisar dessa noção. No dia do acerto, ele me chamou: vem comigo nas receitas. Fiz pelo salário, não tinha outra profissão, dá ou desce. Fiz pela aposentadoria que agora vou curtir. Tá chegando os dias deu saber se valeu a pena nos futuros churrascos de sábado, quando as lembranças vão tirar as dúvidas. Cara, também tenho medo de ficar em casa, tanto problema pode me fazer assassino. Sou chofer de ônibus que não para em todos os pontos.

Olha aqui, em 48 horas, serei segundo tenente de pijama sem ganhar o aparelho pra escuta que receitaram no departamento médico. Estive lá não sei quantas vezes, no posto médico do quartel, no Pari. Eu entrei com o pedido faz dois anos. No SUS demora uns quatro. Tô surdo dos treinos de tiro, faz tempo que o quartel não tinha protetor auricular e o regimento não compra novo... Aguentei quieto, não penso com o nariz, nem com as ideias desordenadas. Pobre dos meus. Vão ter surdo em casa pro resto dos tempos. O capitão médico nem é otorrino, mas disse que sem o aparelho auditivo o cérebro descansa e a gente pode ficar maluquete. No privado, os dois feijõezinhos custam uns vinte paus. Não encaro, nem morto. Prefiro viajar pra Argentina, não conheço neve.

Depois de anos e anos, calhou deu vir relaxar aqui na intendência. Minha mulher sempre triste, ensebada. Cara de sofrida a da Laurita. Desinteressada, ela num tava nem aí. Queria ouvir minhas histórias, imagina só, quê qui eu podia contar? Pecados, putarias, porradas? Tiros? Justifiquei que nossa vida militar era segredo apertado, não pode pisar na grama, quanto mais deitar. Nunca disse nada. Só uma vez, bebum, desavisado, no tranco, entreguei pedaços. Assustou tanto que não voltou mais ao assunto.

Ah, mas a verdade é que a seco eu não ficava. Na cracolândia, comi mocinhas sem pagar, dava um pouco de pipoca, um sorvete, um refrigerante, às vezes até uma droguinha que tinha tomado de alguém, e faturava. A Jéssica bundudinha era menor de idade, um grude, queria amarração comigo, mas ficava com todo mundo.

Na rua, bati em estudante, em puta, em professora. Em mulher batia com mais vontade, teve uma vez que a Laurita me viu no programa do Datena descendo o cassete numas travecas na entrada da Cidade Universitária. Queria o quê do meu serviço? Laurita ficava um dia sem falar comigo, mas confirmei, nas travessias, que mulher gosta mesmo é de apanhar. O que fazer quando bate a fúria santa?

Fazia um mês nesse trabalho quando meu batalhão marchava na sombra da Barão de Limeira, tinham apedrejado os postes de luz. Nós éramos os bacanas na altura da porta da Folha. Vento frio de frente. Garoava. Bala de borracha à vontade. Muito moço, sem experiência, eu não sabia me situar na porcaria do medo quando um gordo veio com pedra na mão em minha direção, na fervura do meu gatilho, no calor da coisa. Mandei brasa, sem pensar, disparei à vontade. O negão perdeu um olho que rolou tipo bola de gude no chão. Se te contar, Bacalhau, a calça molhou, viu? Gozei. Os chuviscos disfarçaram o manchão na roupa que fedia, a Laurita não desconfiou. Depois teve o Carandiru. Lembra? Ali gastei munição, hein, e nem precisei justificar. Apertar o gatilho e ver o outro cair dá uma sensação de superioridade indescritível.

Aposentado, começo nesta semana a curar minha filha Clara. A que quer fazer teatro. Pode crer, ainda saro ela de pancada até desistir. No juízo dessa princesa, tudo meu não presta. Se tranca no quarto, é só eu chegar. Não puxa conversas, nem na Páscoa, nem no Natal, arde de ódio, vejo nos olhos dela. Deve ser por isso que gosto mais dela. Ah como desejo um neto. Vou cobrar até me dar um macho.

Bacalhau, ouça. Eu saindo do comando, ordena o cabo Josélio de comprar outra marca de leite, zerou o estoque e eu já renovei o lance dos cafés. Vê se aprende, quando mandam a gente descansar na Intendência não se dá ponto sem nó. Tem três que vem do interior que compram e vendem sem nota. Rateiam uma lasca. Querem ajudar nossa velhice. Antes do Natal, compra uniformes e botas para dois anos de toda a tropa. Será seu peru. Junta também os de pompa, ééé, rendem mais, o nosso filé mignon os soldados usam no desfile de sete de setembro e nove de julho. Concordo, são feios, mas sabe como é: quanto mais tradição, mais comissão.

Bacalhau, me ouve? Encomendar quer dizer estar perto do dinheiro, qualquer esperto sabe. Um ano aqui e pude comprar uma casa com quatro cômodos na zona oeste. *By by* zona norte, nem pra visitar ponho o pé na Cachoeirinha. Vou gastar meu dinheiro no Litoral Norte, nas praias da Bahia, vou conhecer Brasília, Ceará, Ouro Preto... basta de farofa na Praia Grande. Mudo de faixa, cara, mudo de carteirada.

A Laurita gosta de conforto. Parou de pagar consulta escondida que fazia numa velhota vidente no Tucuruvi, que pedia foto, cueca, fronha do meu uso e lhe enchia de esperanças. Laurita chegou a acender vela para mim no Araçá, na Consolação e no cemitério São Paulo. Depositou moedas e velas em mais de cinco igrejas católicas em nome deu renascer. Nas idas e vindas, até um padre dominicano se ofereceu para me salvar, dizia que eu tinha encosto. Um médium fica enchendo a cabeça dela que careço de descarrego, tudo escondido, que não sei o tanto de peso dos infernos. Nessas horas quero pegar a cabocla pela garganta. Olha, vou te contar, tenho ódio dos dominicanos. Essa turma de padrecos lá de Perdizes é tudo comunista, padre melancia, viado almofadinha. O Papa devia investigar esses chupa prego do caralho.

Não, Bacalhau, aprende aí que se o cara for casado e não tiver encrenca, a sua família não presta, deu errado. Agora tá na moda terapia familiar, esconjuro. Pô. Jamais aceitaria tratar de meus problemas com esses larápios lazarentos. O tenente Euzébio, que me passou no exame da árvore, mais de uma vez elogiou eu manter a cabeça no lugar. Acredito nele, mais do que no achismo da Clara e da Laurita, enganadas por tudo que é bundão.

Perdi a conta do tempo em que a mais velha, sempre a Clara, veste camisas e as calças do tio Joca, meu cunhado viúvo que mora de favor lá em casa. Proibi, mas nunca estou lá para efetivar. Nas folgas da guarnição dou segurança num clube. Mas, um dia, é bem capaz deu pegar o Joca na porrada. Claro que ele advinha porque também sinto que me evita. Se entro pela frente, ele sai de fininho pela lateral.

Pensa que eu não observo? Minha filha nunca mais usou saia depois que se formou no Salete. Raspa o cabelo quase careca de um lado da cabeça, desde os dezessete anos. Porra, ela mal largou a boneca e já enxuga uma cerveja lascada — geladeira cheia — aos domingos e feriados. Fico no reparo. A mãe sofre calada. No começo até falei em colocar a menina pra fora de casa. Não namora, só tem amigas. Ficam trancadas no quarto. Passou num concurso para a prefeitura, mas prefere teatro. Não tenho paciência para resolver na conversa com ela, meu modo é outro. A cura consigo com boa surra. Tenho fé. Com o tempo será uma moça reconhecida, arrumo um bom casório pra ela.

Bacalhau, fala alguma coisa, porra!

Merengue

Há pelo menos cinquenta anos não via o Valdo, período durante o qual cismei de escrever e publicar continuamente. Oleiro de palavras, pode ser que eu jamais tenha superado as malinas da escrita. Meu despreparo, minhas dúvidas mantenho em segredo, especialmente para o Valdo. Ele não saberá dessas pedras lambuzadas de musgos em minhas trilhas. Coisa de primos jejunos, finalmente maduros, encarando o parentesco. Podíamos armazenar isso no quartinho do espanto ou do despejo, nos apêndices do inconsciente ou nos entulhos inexplicáveis. Mas nós nos agendamos.

Claro que a cabeça se encheu de espoletas crepitando na caldeira do peito. Levo para ele, de surpresa, alguns títulos de livros já publicados, por onde vige minha vaidade. Levo também fragmentos perdidos dentro de mim. Creio que será um mergulho em água reconhecida, amiga, sensata. Nada explica o hiato tão grande. Não houve precedentes, nódoas, ou futricas impeditivas, sentimentos eunucos mal e porcamente incubados. Admitamos, uma superável soberba.

Ainda menino, apostei com meu único irmão durante a leitura do gibi do Zé Carioca, que o nosso priminho do Rio não seria malandro de cabaré. Minha mãe prognosticava que, pelo jeito, esse menino era de estudar até adormecer. Sob o olhar paulistano, os parentes da Penha não tinham o elevado charme de nossa família mineira, classudos industriais metalúrgicos. Ao contrário, entre os da zona norte do Rio de Janeiro, desde logo politizados, a tia carioca se expunha: não sou flor de centro de mesa, nem estufa de fraquezas. Nesse diapasão, Valdo sustinha uma singularidade, tinha uma mística emoldurando surpresa e mistério. Dito e feito, a seta da fortuna não se revela antes da hora, também nada acontece por si só.

Minha casa tomava por realidade o que bem entendia, um equívoco que sobrava, um escarro do absurdo. Uma ferida de formação que nunca cicatriza. Desconhecia psicologias, não executava a colagem, nem a separação, entre fantasia e concretude. Sem me estender, o fato provocou sequelas nas vísceras do caráter. Éramos imigrantes do Leste Europeu, gente que pretendia formar universitários, crias socialmente reconhecidas, extratos elevados, doutores, celebridades que auto garantissem o dinheiro fácil e abundante num Brasil de enorme mobilidade social. O otimismo virtuoso também perverte a razão. Mal sabiam o quanto se enganavam num Brasil em que a mobilidade social coube, no século XX, a pessoas ousadas e um tanto mais primitivas, quer dizer, sem maiores escolaridades. A ignorância mal registra as faces das certezas e dos riscos. A nova elite, que veio para fazer a América, comumente, o escrúpulo não interessa, porém dificulta. Fora dos salões de festas, não contam nem a estética, nem a ética, a moral, a antropologia, enfim, as ciências humanas. O sucesso financeiro, custe o que custar, não prescinde de farejar onde está o dinheiro, aproximar-se dele, viver nas suas cercanias, ter acesso ao poder convertendo-o em oportunidade. Os magnatas arrancaram dinheiro de políticas públicas ou do populacho.

Culturalmente cegos, os refugiados eurocêntricos, decanos da família, acreditavam que um poeta nada em oceano memorioso, mas psicótico; que um romancista é glória rebuscada, materialmente desvalido. Pragmáticos, desejavam parir e encaminhar ninhadas de engenheiros, médicos e advogados para o mercado. O patrimônio instalado em cabeças profissionais liberais também permitiria, levando em conta os riscos existenciais, uma sobrevida na hipótese de mais guerras. As grandes guerras do século XX ainda cintilavam em seus corações. Se a riqueza está na cabeça, há menos ansiedade nos cruzamentos de fronteiras atrás de recomeços. Mais valioso que uma joia, só um diploma.

Arrumando a mala para encontrar o Valdo amanhã, ouço as vozes sorrateiras do passado açodado pelo imprevisível, por um encontro dentro de mim no qual o estranho sou eu, reconhecidamente horta de defeitos. Hoje, décadas vividas, vou dobrando camisas, misturo isso com aquilo, projeção e percepção, e vou reencontrar o carioca, sobrinho do meu pai, perdido havia tanto tempo. O primo tornou-se médico, professor renomado, emérito na Universidade Católica.

No aeroporto Santos Dumont, na última sala de quem vai desembarcar à direita, não houve susto, nem emboscada. Valdo veio me buscar, barba branca como a minha, pele escura de praiano, surpreendentemente barrigudinho, sendo que na Guanabara corpo é cartão de visita e servem cerveja a quatro graus centígrados. Com mãos gorduchas e dedos brevilineos, marca da família, ele dirige um carro de classe média da zona norte, cabelos curtos rentes ao nada. Gordo, mas asseado. Uma singularidade: o olhar de quem estuda a eternidade, de quem conviveu com gente a chorar, outros a agradecer, vale dizer, acostumado a lidar com a dor dos outros. Pensei em Dalton Trevisan, como resumir os fatos em três sisudas linhas. Eu, um escritor banal, médio, morno. O outro, mestre consagrado. No site de busca da Academia de Ciências, informa-se que Valdo galgou o status de notório professor na esfera da pesquisa científica sobre a dor corporal humana. E aqui, eu diante da fera que já havia acumulado carreira de oncologista.

Valdo foi logo dizendo: Você parece com o seu avô. Tio dele. Fui assim conhecendo sua voz de locutor de rádio de frequência modulada de Vassouras ou Três Rios. Minha fala não respondeu em timbre normal, coagulou em goles de ar, às vezes uma torneira sob golpes de aríete. Fiz o papel de hesitante, justo eu comunicador profissional, naquele instante no qual nenhuma rádio de Magé, Campos ou Buzios, nem mesmo Paracuru no Ceará, me contrataria para ancorar qualquer coisa. Hoje reconheço que senti culpa; fosse inferioridade, me tornaria agressivo.

Travei na sensação de embaraço que trinta anos de psicoterapia não desfez. Engasguei na ressureição dos átomos da Podólia do avô, o velho elo ucraniano entre nós; da avó moldava do Rio Dnieper, irmã do seu pai, ambos sobreviventes de *pogroms* das noites de São Bartolomeu. A matança era autorizada pelo Czar Nicolau II, desde Moscou, nos anos finais do século XIX e começo do XX. Pertença da Bukovina, do império austro húngaro, a região era infestada de eugenia e desrazão.

Confesso que o compartilhado modo de educar caucasiano refluiu em nossas complexidades hereditárias, desde os esconderijos de sobrevivência nos bueiros de Kaminitz Podolska, Bukovina, Moldavia e Romênia. Mas, passados cinco milênios de perseguição e paranoia, os eslavos não selaram nas ossaturas o complexo de vira lata. Nem o vírus da estupidez humana, nada justificava tamanha distância entre os primos, por tanto tempo, consolidada pela soberba paulista que costuma imiscuir-se em parte de seus filhos. Acontece, em puro autoengano, de a pauliceia se julgar superior, terra da riqueza, da indústria, da dedicação ao trabalho. Terra beje, crua, um porto inalcançável para quem respinga preguiça.

Valdo celebrizou-se multidisciplinar, apesar de uma infância na Penha à moda do Vale do Cariri. Por milagre, ou melhor, por conta de uma bolsa, estudou num bom colégio particular, passou pelo Novo México, voltou ao Brasil, entrou na medicina estadual, doutorou-se e, sobre minhas crônicas, antes de servirem o almoço, veio a me dizer que as havia lido e gostado. Mas disse sem muito entusiasmo. De onde tirou isso? Leu? Que esculacho, não faço crônicas, pelo menos eu as chamo de contos curtos. São contos o que escrevo, não crônicas. Admito que senti o tranco no fígado, do nada para nada. Por sua vez, sem protestos, minha inveja, sim, aumentou.

Seu pai investiu na Zona Norte da Guanabara e fracassou na alfaiataria, mantendo-se fanático fiel no partidão. Populista, deu ao terceiro filho o nome de Valdo, homenageando assim um esforçado meio campista de um time de várzea na favela da Maré. Com minguados doze anos, obrigou a criança a trabalhar com a mãe numa confecção, que abriu sem um tostão no bolso. Comunista e empresário — combinação que não poderia dar muito certo — amargou um contencioso espiritual que não se resolve nem mesmo nos cordéis. No Partidão, diziam à boca pequena que gente da direita, animalesca empreendedora, impudica, despudorada, comanda melhor uma empresa no capitalismo, e que qualquer economista de esquerda sabe disso. Importa que as revelações dos crimes de Stalin não alterassem sua fé.

Desde criança, o esforçado Valdo operou agulhas, pespontos, cós e pregou botões. Sua mãe cortava os *enfestos*. A família recebia os tecidos de grandes marcas e contratava costureiras que, claro, exploravam. Desviavam metros do fisco, não recolhiam ICMS, e produziam algumas unidades que, vendidas, pagavam o almoço das senhoras abnegadas sobre as velhas Singer. O pai, patrão opressor, capitão do medo, injetou no jovem a eletricidade da indignação.

Eu filhinho de papai, playboy do Jardim Paulistano, desta feita traio outra vez o emérito Valdo, narrando essas intimidades com tanta inconfidência, sessenta anos depois. Meu terapeuta atribuiria repetidamente às raízes: os meus entes rejeitavam esses cariocas comunistas pobretões, que apareciam em São Paulo para pedir dinheiro emprestado. Nossos primos idealizados eram os industriais de Mar de

Espanha em notável contraste com os cariocas respirando na atmosfera do Meier. Por outro lado, esses praianos, transformadores dos esses pronunciados como se fossem xis, periféricos, circulantes nos extratos de baixa renda, já há muito estavam imunizados contra o nosso modo de tontos consumistas; blindavam e devolviam o preconceito e o deboche. Recebiam nossas migalhas se houvessem e olhe lá. Aos olhos dos tecelões, nós, sem saber, também éramos canalhas mesquinhos, depreciados nos seus almoços dominicais. Éramos na pauliceia os inimigos burgueses de Danton e Robespierre, desrespeitávamos a igualdade e a fraternidade consagradas desde a revolução francesa.

Antes do encontro com Valdo, meus colegas de escrita antecipavam que a história é filha do efêmero e das treliças do acaso. Nós jantávamos na véspera desta minha ida ao Rio de Janeiro, encontro tão aguardado. Sabedores do hiato entre os primos observaram que não se pode congelar o passado, cristalizar personagens e pessoas que jamais param de se transformar. É verdade que o passado invade o presente, altera o futuro, que a natureza humana não dá salto. Por isso, que eu me apresentasse sem planejar, sem papéis prescritos, despojado, desnudado, pronto e aberto para o novo e o desconhecido, o original e o inventivo. Sem isso, o evento seria estéril, inócuo, sem graça e inútil. Um psicodrama oco, vazio, pálido de novidade, destinado ao cemitério das horas perdidas, numa fase existencial na qual o mais valioso patrimônio é o tempo.

Comensal com amigos, bebendo um Rioja no Le Jaz, nos espremíamos acomodados numa mesa adjacente à de outro grupo, nesse restaurante à moda parisiense, que mantém as pessoas amontoadas umas ao lado das outras. Pois não é que um vizinho de mesa, um velho senhor, ouviu meu nome e sobrenome e educado interveio em minha ceia, apresentando-se como médico infectologista das Clínicas, alardeando enorme admiração e amizade pelo Valdo, seu par fluminense que, seguramente, haveria de ser meu parente, senão pela nossa conversa, certamente pelo fato de nossos narizes aduncos serem idênticos, "sem eugenia, pelo amor de Deus".

Incontinenti, o doutor das Clínicas, inflamado pela taça de *Veuve Clicot*, na mão, diante dos meus convivas, acionou seu celular conectando-se a meu primo vascaíno, provocando assombro e o desconforto da invasão da privacidade, da audácia de intervir em celebração que me pertencia: Valdo, estou aqui com sua visita de amanhã, acredita? Mordi a língua, lamentando alguma aresta na ambiência do meu cerimonial.

Bobagens, foi só um pitaco dos caminhos. Previ, acertadamente em meu imaginário, que comeríamos o primeiro canapé abrindo o nosso reencontro na Urca, aonde, poucas horas depois, estaríamos desfrutando do restaurante do Iate Clube, de fulgurante vista para o Botafogo e excepcional toalete para um desembarcado da ponte aérea.

Tentando fugir de regramentos e rituais, a efeméride mereceria um brinde inicial com um Porto rubi que o Valdo providenciou transparecendo, desde logo, um gosto refinado e um nobre *savoir faire*. Pedimos filé de peixe bem frito, compartilhamos a mesma aversão a carnes vermelhas. Teria nascido dessa comunhão alimentar um elo familiar resiliente desde a bacia do rio Danúbio? Para trazê-lo a um território de seu domínio, comentei que nossa dentição voltada à maceração difere da armação dentária dos animais carnívoros, cujas unidades rasgam o corpo das presas, nem sempre esmagadas antes da deglutição. Sem entusiasmo, Valdo devolveu que nossos intestinos têm o triplo do comprimento do nosso corpo para, em longo trajeto, aproveitar o lento metabolismo dos vegetais. E completou: os carnívoros possuem intestinos curtos para expelir rapidamente os dejetos. Comparou as vísceras dos herbívoros, como elefantes e girafas, aos assassinos tigres e leões.

Sob empatias dessa superficialidade, permutando banalidades, de zoologia e botânica, mastigamos as pescadinhas devagar, em estilos elegantes, convenientes, lógicos e temporais. Resgatar uma lacuna de meio século numa refeição nem dependeria de finesses de almanaque. Entrementes, diante do pudim de leite, executamos um *gran finale*, sob a graça da grapa e do mistério. Entre o nada e o nada literário, nossas esfinges já conviviam com menos segredos. Só agora admito que posso ter sido um chato.

Ordinariamente humanos, seja pelo vinho, seja pelo indizível, depois de 180 minutos nos despedimos com a promessa de renovados encontros. Paulistas e cariocas são conhecidamente hipócritas pela tradicional despedida descarnada: apareça lá em casa. Parisienses nem ousam uma frase dessas, porque serão levados a sério. Intuí que o novo hiato, depois de calorosa reconexão, haveria de ser longo.

Então, percorremos as cavidades dos calendários, os vãos de nossas peles e os abismos. Fizemos uma espécie de rejunte das coisas. Sem pressa. Na nossa caçamba fomos despejando rejeitos da arqueologia e do acaso. Claro que nosso inferno na infância e juventude foi teatralizado face aos acontecimentos subsequentes. Eu na máquina de escrever, ele na costura da confecção da infância. Eu buscando a palavra com textura, ele camisa com caimento, ambos diante de um conhecimento sobejamente enganoso. Nem eu consigo dizer com verbetes o que é uma camisa, nem ele admite ter capacitação para ressuscitar um corpo, desfibriladores à parte. Evitou seus parágrafos sobre anamneses, pandemias e metástases.

Finalmente a despedida se acercava. Entre a sua carretilha e minha retórica de persuasão, nos demos conta de que em plena baía da Guanabara não fazia tanto calor, o céu das dezesseis estava azul manchando-se de preto por nuvens que se aproximavam. O que disse o Valdo, quem é o Valdo, seu perfume, volume, cor, trajetórias, legados? Não sei responder, permanentemente acusado pela minha mulher de mais falar do que ouvir, de novo ela não se conformou com as perguntas que deixei de fazer, que para ela são tão fluentes, naturais e indispensáveis.

Registro isso, neste anoitecer aqui em São Paulo, navegando no Barco Bêbado de Arthur Rimbaud. Não tenho as terceiras margens dos rios de Guimarães Rosa, não tenho a organização de Baudelaire, Mallarmé ou Verlaine, mas cronista me pergunto se o Valdo queria mais falar do que ouvir, e eu impedi. Será? Indaguei pouco em cotejo com minha criticada avalanche de curiosidade. Pulsões embalando outras, estigmas adversos e complementares, fui plateia ou estraguei a performance? Egocentrado, os espíritas ainda esperam que nessa encarnação eu aprenda mais e melhor a lidar com os outros.

Chamo de história esses parágrafos, linhas sem nome, que aquecem meu coração com as cordoalhas da válvula mitral em frangalhos, pedindo transplante. O Valdo pode receitar opioides. Ele acalmaria minhas tripas pressionadas por gases de inconformidade. Por ora, decido esconder do Valdo o que escrevi nessa aleivosia, um merengue do delírio, da soberba de quem acha que tem o que narrar. Certamente eu deveria perguntar a ele sobre coceiras, aumento de flatulência, quistos sebáceos, dermatites, mas falhei. Só resta voltar ao Rio de Janeiro e completar esta bula.

A gente se conhece?

Parou a chuva inclinada. Madrugada insone na bainha do amanhecer; horas lentas que passam com má vontade. Se dissolvem mantos de fantasia, os moirões do curral da preguiça. Entra um feixe de luz, oro e pulo da cama. Eu devo inadiáveis tarefas no escritório, onde me distraio entre gozos e zangas. Lá debulho nós bem apertados por um salário descomprimido.

Acendo a luz. Ué, sumiram os chinelos. Paciência, as meias seguirão encardidas para lavar; elas lixam o assoalho de madeira coberto pelo pó das obras vizinhas, erguem-se novos cortiços de cimento armado para moradores de outras nascentes. Na pia do banheiro, a torneira que antes era de aço inoxidável, agora é de plástico.

Estatelado no vaso, recordo meu avô: "há que viver sem tempos mortos, quem ouve o uirapuru nunca será infeliz, mas a escuta dessa ave requer um firme embrenhar nos ermos do mundo, nos rebojos dos rios." Não há aves no apartamento, nem papagaio, nem gaiola, só a irremovível presença deste avô que me educou, um monolito, um mastro de terreiro na roça, memória e imaginação. Seu mantra: "há que sentir incômodos no rumo de ser homem, mesmo nos entrechos de nevoeiros rondando montanhas." Reluto e não escapo dele para saber onde me encontro.

O *wi-fi* ligado? Justo o meu, um conservador de energia? Que ódio, sempre desligo tudo o que me lembro antes de adormecer. A varanda aberta? Não sou sonâmbulo, não me falta ar. Inspeciono a área de serviços. Encontro a toalha de banho branca que deixei para secar, que agora contém estampada uma constelação de estrelas contrabandeada de uma instalação do Beco do Batman. Na lavanderia só faltam galinhas ciscando soltas, pois a bicicleta está largada no closet, trambolho que obsessivamente eu acomodo na garagem antes de pegar o elevador. Neurótico confesso, algemado pela ordem, pelo cultivo de cada coisa em seu lugar, o espantoso é que não me aflijo neste esgar de estranhezas, não me intrigo com o intrigante. Permaneço indiferente. Sinto que anjos me anestesiaram no mote de que sofrer não leva a nada, de que a distância filtra as agulhadas da realidade. Ora, venho de família disciplinada e disciplinante, um baú de morbidez resiliente, de pastores de Tânatos, recalque e retaliação.

Meu avô, companheiro na solteirice, treinador em conflitos, e em livre associação: "tombadas as folhas, ficam as árvores." Ele floreava a vida que continua cheia de ecos. Era uma pessoa atenta, que controlava cada mosca ao redor. Percebia detalhes em movimento entre os mais incongruentes. Tudo que pudesse acabar com a tranquilidade. Na sua sortida adega decorava rótulos de cada garrafa de vinho. Depois de aberta, antes de guardá-la, fazia um risco no rótulo, demarcando o nível da bebida restante. Os sapatos velhos, ele colecionava estufados com recheios de papel. E ironizava os críticos: "primeiro, arrumar os bastidores; depois brilhar nos palcos; relações públicas começam por dentro."

Na sala, sou extraviado de ternura pela bromélia branca, sinal de bem-aventurança. Nunca havia valorizado que o sol da aurora de outono brilhasse na cristaleira, mixando azuis; safira e rubis. Abro a porta dos fundos para descarte dos sacos de lixo e súbito, percebo, junto ao elevador de serviço, que sumiram com a plaqueta "quinto andar"; substituída por "labirinto permanente". Exaspero, prefiro o anúncio anterior. Estoico acho que a brincadeira está indo longe demais, porém sempre advoguei que o humor fosse irmão do absurdo, não é hora de capitular. Ao final desta pantomima será que eu riria? Quem armou tanto para mim? Será permanente ou um fluxo de transformação? Será finalmente a vigília indistinta do sonho, no céu deve ser assim, sem fendas e ribanceiras com salgueiros descarnados.

Ponho o lixo em saco plástico na caçamba de recicláveis, mas dispara uma culpa que cessa quando enfio o braço e retiro pilhas gastas descartadas. Desde minha volta do Japão, tenho vergonha da insuficiência generalizada de cidadania, constatando que os lixeiros no Brasil misturam tudo de novo.

Da rua vem o cheiro de feno em vez do aroma de café. Um transeunte rega aquilo que havia sido uma floreira, daqui de cima parecem cactos espinhosos, mas são cogumelos que crescem rápidos. No canteiro, espreme-se a esparsa folhagem e um dente de leão que eu mesmo plantei. Na esquina, o mandacaru floresce avisando que vem chuva. Andorinhas não aparecem mais, ainda bem. Chamem de volta as formigas, as moscas, os vermes...

Janelas abertas, tolice, insensatez, dou-me conta da própria nudez que não me encabula. Ajeito os cabelos num fútil instante de vaidade. Me esgueiro sem critério, mais exibicionista que *voyer*. A inquietante figura, que mantém úmidos meus sonhos, me contempla indiferente da vidraça bem defronte. Triste quadro de Goya. Sua silhueta rapidamente se esvai. Eu vasculho o quanto a vista alcança o apartamento atrás do seu vulto. Não restam brechas e frinchas. Brusca, fecha a cortina azul marinho quase negra. Seria a primeira vez que me vê pelado? Fascina esta aflição negligente, tremor interno de paixão e inércia.

As tripas avisam a cabeça. Salivo. Arrumo a mesa da copa para o desjejum. Novidade, a louça é outra. Ah, reconheço, é a da casa de minha mãe, que morreu sete anos atrás. Embaixo da pia encontro o bule, a organização da infância. Facas de serrinha azuis. Xícaras baratas da Nadir Figueiredo, saldos da vidraria que vende retalhos com pequenos defeitos. Fiel ao Três Corações, encontro na dispensa o café Pilão. Conformo-me, coo na água fervente. Inauguro uma desconhecida margarina sem sal, mais alegria, mais silhueta. Sem sal? Caramba, não tenho problemas de pressão. Careço é de sabores definidos, arrebatadores, de muito sódio assassino, de verdes avinagrados, frutas cítricas azedas, pedras escondidas para os rins.

Costumo beber o primeiro gole de café ouvindo notícias nas emissoras de rádio, porém todas tocam as mesmas

Quatro Estações de Vivaldi. Cogito: parece a ditadura censurando a imprensa. Adoro o Vivaldi, mas respiro informação. O espanto me apressa a abrir a porta social para apanhar a Folha da Manhã que imprimiram em laminadas páginas de alumínio com a manchete "O tempo sentou-se à espera num banquinho". O editorial "O homem mau ri errado" e a primeira carta de leitor, "A água entrou em colapso subterrâneo, o esgoto está mais podre". Nada de China? De Ucrânia? De Gaza? Desisto.

Um cão chora num apartamento embaixo, imagino que de fome, sede, bexiga lotada, abandono. É da jornalista do apartamento 41. Viaja demais. Quando retorna, pelo cheiro sei que cozinha brócolis no fogo lento; adora a presença do ferro no vegetal, um dia justificou descendo pelas escadas, elevador em manutenção. Mas não dei muita atenção, enquanto descia atrás dela, só queria olhar sua bunda com formato maçã, até chegarmos ao térreo. Se agudizam os ganidos, mais um pouco e pediria ao zelador uma caridade com o animal, ou que chame o corpo de bombeiros, pois não aguento mais o choramingas o dia inteiro, coitado do cachorrinho. "Caridade oculta é egoísmo", diria meu avô.

Proponho-me a lavar a louça da véspera. Quem comeu sopa? Fritou na frigideira? Eu não fui. Não dou para ninguém a chave de casa. Vou à saleta de trabalho conferir se tenho um hóspede sem saber. Não empresto a casa para ninguém. Impossível entrar um ladravaz, um ladroaço, uma visita, um filho da puta qualquer. Não reconheço as cores nas prateleiras, nem o acervo da biblioteca. Dezoito volumes de capa dura de *A luma de palha*. Abaixo, domina a coleção da revista *Hip-Hurra*, nome imbecil. E no alto, em posição horizontal, uns dez volumes intitulados *Ao preço da chuva*. Não me reconheço, estou para perder a calma. Caramba, isto é vigília? Não parece, porque o olfato me alarma; o queijo fede fora do refrigerador. Cuido dele com amor, porra, que droga de estrago, vou ver.

Com apetite, volto à copa e leio assombrado — colados na porta da geladeira — papeizinhos com os telefones de quatro, cinco, oito números, do século passado: do afiador de facas, do entregador de gelo, da costureira, do leiteiro, do sapateiro, da Light, das casas Slopper, da Pizzaria Esperanza, da Cantina 1060, dos tecidos R. Monteiro, da telefonista de auxílio para interurbanos. Preciso jogar fora essas porcariadas. Por que não tinha descartado antes?

Procuro meu celular, urge falar com o mundo, mas procuro em vão. Dou três pulinhos para São Longuinho e nada. Devo ter largado na Editora. Poxa, burrice, tenho o telefone fixo de discar na parede, herança do vovô no hall de entrada. Se ligar para minha equipe, no mínimo a faxineira atende. Também devo desmarcar o dentista. Curiosamente, ainda não me irrito, nem mesmo com a tralha de museu ornando a parede como se fosse uma aquisição na Bienal de Veneza, obviamente sem sinal, sem linha. Vai ver que não paguei a conta do telefone outra vez. Resisto em me desmanchar em cacos.

Abro o guarda-roupa. Encontro uma calça Levi's que acreditava ter doado há não sei quantos anos, e ela ainda me serve. Pego uma velha malha e tênis brancos desbotados. No cabide, camisa Volta ao Mundo. Camiseta de *banlon*?

Péra aí, o interior do armário feito de perobinha do campo, dos anos cinquenta, dos tempos das baladas. De onde apareceu a penteadeira (com as escovas da mamãe), quatro pés de mármore e uma estatueta rococó de abajur? Suspeito que duendes sonegaram o meu passado e sequestraram o meu futuro. Este espaço não é mosteiro, abadia, convento, pode ser tudo, menos meu.

Tantas novidades e um crescente temor me afastam do espelho. Nada de escova ou pente. Não quero olhar. Meus cabelos revoltos sempre foram uma marca, amigos apelidaram os tais de ovos mexidos. Não faço gênero do ser bacana pelo desleixo, mas estou no time. Ajeito com os dedos a franja ao acaso e amém.

Assumo a pose de caminhante para Santiago de Compostela, sigo pela calçada perfeitamente plana, enfeitada por lajotas lilases e a quietude de um filme mudo. Faço o gênero confiante e minucioso, o tipo que nenhuma bifurcação surpreende. Os veículos, suponho, parecem elétricos e eu nem percebera a transição energética. Primeira vez que encontro uma moto silenciosa. Sol das nove horas, odeio que minha sombra alongada me abandone, mas acredito estar em transe onírico alógico e atemporal.

Sombra prende, é amálgama, mas cadê a minha? Falta muito para o meio-dia que eu costumo anunciar como a morte da sombra. Passam duas charretes lépidas e um Ford bigode 28 movido a gasogênio, em seguida um Citroen a carbureto que há décadas eu não via nem no cinema. Céu cor de rosa? Deve ser a poluição. Me falta prosseguir, nesse dia memorável, com um carrinho de campo de golfe, liteira de bode ou passear de pedalinho de estância de veraneio nesta paisagem.

Enquanto caminho, procuro me concentrar na apresentação a fazer daqui a pouco, às onze horas, para o conselho de acionistas da Pescados do Egeu. Orgulhosamente eu criara uma campanha publicitária contra a pesca predatória, considerando a crescente necessidade humana de proteínas do mar. No entanto, meus sintagmas são atravessados pelo inesquecível conselho do professor de português, o Monteiro do Ginásio Estadual de São Paulo: "trate de desconfiar do que gosta". Em vez de defender o slogan "atum de viveiro", advém ideias que divergem da campanha. Afasto ironias com dificuldade, mas tenho por elas uma atração viciante, e elas reaparecem, "atum só para pelicano". Se me traio, estou sem emprego.

A pé, chego à rua Capitão Prudente onde no sobrado da Agência Lituânia me deparo com uma inesperada placa de *pet shop*. Passo direto. Mudaram meu escritório sem me avisar? Dou uns passos para trás e decido perguntar, foram para onde? A recepcionista nunca ouviu falar na Lituânia, na Estônia, na Letônia, no Mar Báltico, nem em qualquer outro lugar longe de Iguape, Miracatu e Serra do Japi. E me devolve: o que faz esta agência? Emudeci. Antes de sair indiquei com o dedo um armário e uma bancada ao fundo da sala iguais aos meus.

Atravesso a avenida. Caminho até a praça do Ovo. Sento-me na raiz da seringueira disposto a assistir crianças brincando e cachorros de luxo se cheirando, bendizendo o que quer que seja capaz de me distrair. Uma menina de uns

54 PAULO LUDMER

sete anos pede no carrinho do sorveteiro um picolé de coco, porém só tinha de lagosta, molusco e alga. A praça está quase deserta de bebês e babás.

O lirismo se manda quando um *beagle* e um pastor lutam para se matar ensanguentando o asfalto. Lugar lúgubre, nunca vi o cenário desse jeito. Nesse jardim oval criei afilhados, acarinhávamos a grama com as mãos. Hoje é tanta bosta canina que remete a uma pocilga. A relva fede a esgoto de dálmatas e labradores. As maritacas e sabiás silenciaram. A praça destruída enterrou uma lasca da beleza desse Jardim Paulistano. Perdi mais este tablado coletivo cercado de casas de guaritas e casamatas, dá para ver o reflexo do cano de uma arma ali no parque de balanços. No passeio ninguém joga pião ou bola de gude, uma criança olha da janela traseira de uma BMW, parece a menina do sorvete.

Volto para o outro lado da Rebouças, na rua dos Pinheiros de bares lotados para almoço. Seis, oito, dez pessoas numa só mesa manuseiam celulares para acessar os cardápios através de códigos. O mundo descartando papéis. Cancelo uma *esfiha* num sombrio boteco árabe, que demoraria uma eternidade para me servir. Engulo uma salsicha num pão chocho de um ambulante junto da Estação Fradique Coutinho. Putz, descubro-me sem carteira, arranco do pescoço e dou ao ambulante a corrente de prata que era do meu avô, prometendo retornar com o dinheiro. Mas já não lembro onde moro. Voltaria para casa para uma boa sesta. Procuro documentos, cartão de visita, mas a Levi's está vazia, nem chave trouxe. Resta a sorte de eu não ter ao acaso trancado o apartamento. Se preciso, arrombo a saleta onde acomodei a máquina de costura de três gerações.

Metros à frente, na porta do metrô, quero buscar ânimo, sabedoria e paz. Sair desta voçoroca, encontrar seu vértice. Quero cantar canções de saudades de quem nunca vi ou li, saborear espetáculos da natureza. Arrumar tulipas e regar samambaias. Imprecisão e desolamento, fracasso. Tampouco consigo declarar isso em público. Escapo de um vazamento de águas servidas que salpicam de marrom os tapumes cor de mel das obras da rua, todos artisticamente pintados por refugiados haitianos. As construtoras fazem marketing apoiando imigrantes ilegais. Carentes, artistas se entregam por poucos trocados.

Apenas peço ao guarda da Linha 4 Amarela do metrô se pode me ajudar. No crachá leio, Richarlison dos Santos. Pergunto-lhe, sem disfarçar a urgência, quem sou? Treme o chão, passa um comboio embaixo da Terra rumo à estação Faria Lima. O meganha fardado, gema da indiferença, demora e me exaspera. Estica o pescoço de cisne, olhar estrábico de coruja em eclipse, sem a menor cumplicidade regurgita, a gente se conhece?

Zé

Zézinho, ajeita seu boné, está surdo?

José Roseiro, emerge do lago do silêncio, sabe de cor e se conforta com a leitura labial do estribilho da vovó: *com encrenca, a ostra produz pérola*. Criado sob o cheiro de velhice aglutinado em seu chão, desde pequeno veio absorvendo aforismas da anciã: *importa o céu em movimento; a palavra não lhe pertence; o silêncio pode muito carregar um nada; rosto é para se borrifar de vento e chuva.*

Desde o acidente, recitavam mantras para lhe alentar. José se estrepou com um balanço de parque infantil esborrachado na testa. Perdeu parcela da audição do lado esquerdo e uma fração do direito. A cicatriz tornou-se um brasão. A pérola, que o inesperado iria produzir vinha sendo até então um purgatório. Irritava-se com o modo materno, inaudível, mas imaginável, Zé, está surdo? Não tinha opção.

Para a Gazeta do bairro depôs: qualquer som me incomodava, chegava totalmente disforme. Passei a sofrer com motos buzinando entre carros. Primeiro, o ouvido esquerdo, depois os dois. Estropiados pelos ruídos de obras que desfiguram a cidade. Árvores somem e lá se vão os pássaros substituídos por betoneiras; as antigas casas de jardim, destruídas por britadeiras. Sumiram daqui encanadores, barbeiros, costureiras, tintureiros; quem comprou o bairro de Pinheiros, devastado por torres de trinta andares, levou Vila Olímpia. O chão tremia de tanto caminhão pesado.

* * *

Magrelo, que nem chuva molha, cobrado pela professora do Colégio, me apresento no SUS atrás de aparelhos auditivos. Tenho medo de contágios na pandemia, mas preciso de ajuda. Passo por audiometrias, ressonâncias e tudo que é teste. Depois de várias sessões em diversos endereços, estou na fila de espera pela recepção da dupla de feijõezinhos eletrônicos para as orelhas. A coisa não avança, comenta vovó, corruptos entregam parte dos aparelhos para cadáveres. *Paciência*, pede mamãe, *inútil sacudir as grades dessa gaiola. Faz tempo que o mundo não anda, arrasta.*

O SUS quer me conhecer. Pede a realização de exames de sangue, de ossos, de pulmão, de intestino, de pele, até achar um defeito congênito: as esgarçadas cordoalhas da válvula mitral. Melancolia. Ocupo um lugar noutra fila: a de transplante de válvula mitral retirada de porco ou de boi. O hospital Dante Pazzanese prediz sucesso. Terrível porque não tenho sintomas o que dificulta concordar com uma cirurgia demasiadamente invasiva.

Mamãe reclama que eu filtro vozes dos colegas, da professora de matemática, da vizinha cantora e do vendedor de pamonha na porta de casa aos domingos. Testa sem parar o meu entendimento, *quer mais sopa? Falta papel no banheiro? Um cobertor basta nesta noite?* Ela, desarvorada, se queixa de que ouve como um gato, os tornos, as serralherias, os bate-estacas, dia e noite, sábados, domingos e feriados. Eu estou livre do grasnado de um ganso, dos cricrilares, dos mugidos e do zumbido de mosquitos.

Pelo meu fiapo de audição, percebo que Mamãe saboreia a atenção das visitas: *o Zé não sente sintomas, cansaço, vertigem, dor ou falta de ar. Reduz riscos, por isso não faz exercícios.* Envaidece da vocação para a maternidade, sem piscar os olhos ela diz que passa madrugadas com imagens do meu coração fora do corpo, substituído por uma bomba mecânica, sangue correndo. Como suportar dias e dias de tórax entubado, fiações de emergência, um furo na traqueia. E se tiver câimbras? Teatral, ela ilustra a narrativa com o corpo, deduzo que enfática, envolvendo cada interlocutora: tente se colocar no lugar do paciente.

Ela aproveita os contornos da conversa e mostra dois cristais de oxalato num vidrinho retirado da cristaleira da saleta de entrada, *são pedras expelidas do ureter do rim direito do Zé. Meu filho é uma fábrica ambulante, uma pedreira Quilos de remédios. Sei dizer que o fígado dele aguenta. Agora cismam que as pálpebras estão caindo, é preciso salvar o campo da visão por uma cirurgia de soerguimento. Vamos assim de hospital em hospital.* Sou o viajante, a viagem e a novela que ela vocaliza pronta para encenar numa série televisiva.

Se ele foi operado antes? Quatro vezes com menos de doze anos, duas cataratas precoces; além de dois transplantes de córnea. As córneas originais estavam engrossando, ocasionando nebulosidades na visão. No segundo transplante, houve uma hemorragia, no globo direito, onde se formam suas imagens. Francamente, sangue tem o cheiro da morte e de medo.

Às visitas estupefatas com a performance se distraem com as inúmeras histórias de saúde. Gostam mais de saborear a contadora de casos do que o cafezinho de bule. O tema do horror veste bem na preferência da mamãe. *Para uma enfermeira ucraniana do hospital, hemorragia é acordar com seu prédio cortado ao meio por bombas, parentes despedaçados, sem habitação, sem documentos, sem emprego, a farmácia, a quitanda e a conta bancária.* A mamãe não tem falta de assunto.

Passada a temporada de internações, deitado no refresco do chão de lajotas, sinto a audição desabar de vez. Já não entendo a fala de ninguém, tenho raiva, rancor. No peito começam a pinicar cavacos de ponta aguda que identifico como reclamações do coração para meu cérebro atormentado. Será porque durmo em cima do ombro ou um manifesto da condenada válvula mitral? A tragédia morde meu sossego com refluxos de sangue ventricular, elevando a pressão da artéria pulmonar. O elástico da tolerância quer se romper. Aprendi de orelhada que dor de coração é estável, sem intermitência. É um fenômeno bizarro, subjacente, independente.

A fila do SUS não anda, o coração tropica. Agarro-me ao desejo de não me curvar ao medo, batalha que perco sempre às quatro horas da madrugada. Então leio livros e livros, com interrupções recheadas por entregadores dos correios, das pizzas e do tintureiro. E escrevo, escrevo, escrevo, purgo. Saboreio a imprevisibilidade, a troca de olhares no portão, a adivinhação do que o outro de fato está pensando. Me lixo para minha aparência, para o cabelo brigado com o vento, o suor, o ânimo divorciado da aventura, a palidez da falta de amigos. Chacoalho os ombros e digo foda-se.

Valem os bilhetes de alerta do vizinho do sobrado verde, desfalcado de uma perna por trombose, pretendendo colecionar moedas no céu, procura me confortar: não existem deficiências físicas inconsequentes. Esse morador ao lado, ilustre disfuncional que emerge da nuvem das magias, ouve meus gritos noturnos, e vive me mandando bananas (potássio) para erradicar as câimbras simultâneas nas panturrilhas e nas coxas. Desconfio do seu tom professoral, que parece uma farsa, de suas ridículas lentes grossas de *scholar*, me parece apostador da loteria da verdade.

No amanhecer em que fui levado pelo resgate, o SUS concluiu sua investigação sobre a frequente contração de meus tendões: os constrangimentos decorrem da falta de cálcio na glândula para tireoide. Ao final, um Parecer sentencia que evite limonada, faça alongamentos, num texto assinado por graduada junta médica de endocrinologistas. Sem o sabor cítrico, outro dos meus restritos prazeres, sou despejado em novo esgoto.

Enfastiado do SUS, faço vistas grossas até que, saindo de uma área quente da cama para o lado frio, a câimbra ataca outra vez. Me atiro aos gritos ao chão. Urro na ambulância. Todos os músculos injetam no sangue enzimas da dor, inclusive o coração, mas desta vez me reviram do avesso e não identificam qualquer apocalipse. A enfermeira chefe ironicamente pergunta: outra vez por aqui?

Hipocondríaco juramentado, para enfrentar a contração muscular, apoiado por uma vaquinha de família, eu compro um aquecimento central, que aumenta em quarenta por cento a conta de energia elétrica de casa. Mas vale a pena, porque abro uma torneira e sai água quente, sem delongas. Banho de imersão me conduz ao paraíso, proporciona flacidez imediata dos tendões. Não entendo como tem gente que sobrevive sem água quente, sem banheira? Sem esse bafo quente fazendo carícias na pele.

A esta altura, tanto faz que não escuto pessoas chatas, indefeso contra os perigos da surdez; ignoro a televisão; caixas de bancos, caixas de som, de lojas e de supermercados; telefonemas de cobrança; choros e gritos de crianças. Livro-me de atender campainhas e interfones, driblo indesejáveis. Saudades? Sim, de um farfalhar de celofane, de um embrulho de pão, do *jantar está na mesa* e dos barulhos agradáveis dos talheres.

É sexta-feira, a família viajou para a praia na casa de amigos, eu zanzando no espaço inteiro livre para mim e sem som algum. Planejo assistir um futebol, com a vantagem de que não preciso ouvir narradores e comentaristas esportivos. Vou assistir meu futebol tranquilo, na super televisão nova que compramos nesses dias, a melhor atividade noturna. Aciono os sistemas de segurança contra ladrões. Bebo dois cálices de um bom Porto. Atiro toda a roupa usada na cesta da lavanderia. Abro a torneira da banheira que começa a encher. Não quero nem saber aonde larguei os aparelhos auditivos tardiamente fornecidos pelo SUS — eles não toleram umidade.

Entro na banheira e adormeço, não ouço o ronco da bomba elétrica da hidromassagem queimando a seco sob um desarranjo estrutural na bomba hidráulica. Sem ela, a banheira não enche nem um terço da capacidade. O motor queima. Porta fechada, espraia-se a fumaça cinzenta do derretimento das espiras do transformador de voltagem, o veneno toma conta do ar e dos pulmões. O fogo viaja pelas fiações e canaletas, alastrando faíscas nos cabos elétricos. O fogo segue ligeiro dentro dos tubos internos das paredes, prospera disfarçado de inexistente, mas rodeia a casa como as coronárias no coração.

Internado nas Clínicas, unidade de queimados, venho a saber que perdi a casa, documentos, toda a tranqueira da história pessoal. Deve ser praga daquela enfermeira citada pela mamãe. Sem passado, sem memória, sem identidade, sou o vivo despossuído em minha Aleppo, minha Saravejo, consciente da dissolução da família que receberá uma boa quantia dos seguros contra acidentes pessoais e fogo, anunciando que contratou minha interdição, que optou por me internar num depósito de gente à espera do fim.

Amputaram minhas duas pernas torradas na pira, urino por uma prótese, a face está desfigurada, sou a feiura dos infernos. Sou carniça a feder. Não ouvir, não falar, decepou, emasculou há tempos os meus verbos. Evito morrer durante a noite, sem ver a alvorada. Espero fechar os olhos como alguém que dorme no próprio discurso.

Jenipapo

Seu motorista, este ônibus desce a Rebouças? O chuvisco não deixa ler o letreiro da porta. É o Embu-Taboão — Vila Sônia, né? Graças a Deus. Fiquei na chuva, demorou pra caraca, né? Ooobrigado meu anjo, que abriu a porta dessa lata de sardinha, desse moedor de carne. Licença, licença, desculpe. Moço, deixa eu me sentar? Vim de pé, duas horas do centro. O joelho inchou, pode ver.

Prefeito na cidade é tudo ladrão, tão nem aí. Porque cê acha que a linha do buzão azul não sai do Embu? Passa lotado. Chega entupido de Itapecerica. Nunca eles vão colocar linha nova. Em uso é tudo velho, desmanchando em pedaço. Aqui teve político preso, um depois do outro, de vereador a prefeito, mas logo soltam. Rouba um pão, rouba uma alface na feira e vê se soltam você. Preso continua o menino, um arrimo da Vila onde moro, na fome, roubou uma caixa de Bis no supermercado. É de não acreditar que a galera vota nesses vagabundos. Eu nem voto mais. Custa fazer bilhete de integração com São Paulo? Os desgraçados não dão um peido pelo passageiro, um destrato, que vergonha. Nesses Natal, se São Expedito das causas perdidas ajudar, volto em

Pernambuco, mal eu desço no sertão, a primeira coisa que quero avisar minha família é pra ninguém se maravilhar com essa merda daqui, desse sul de bosta. Melhor o agreste que aqui. Você pesca uma piaba no córrego, pega manga direto do pé, cai de madura, pega à vontade caju, sapoti, na árvore, no chão. Num passa fome atrás de carne de terceira. Você viu o preço no Pão de Açúcar?

Cê acha que dão satisfação? Por que encurtaram os caminhos dos busão esses dias? Pra mim não refrescou nada. Ônibus vindo de tudo que é lado desce nós — o gado — duma vez, numa esguichada, no terminal da Vila Sônia. Jesus, nem a linha amarela do metrô aguenta tanta gente a cada descarrego. O trem já parte daqui espremendo um no outro. No vagão, a gente só tem lugar de pé, povo sem máscara, sem banho, bafo-de-onça, uns de pau duro relando na gente. Antes, pela avenida Eliseu, era direto para Pinheiros, preço único. Hoje sou obrigada a tomar duas condução. A patroa quer me matar com a despesa do transporte, vive falando que seria bom se eu morasse mais perto do trabalho. A madame diz que vive da previdência, da mão pra boca. Eu hein? A filha dela tem apartamento em Peruíbe. Tá quase entregando a rapadura num asilo. Ela quer morar na praia, mas o genro não deixa. Sem grana pra me aumentar, ela me deu um dia a mais de folga por semana, segurou a paga. Asilo? Tá louco, meu. Quero morrer antes de parar num purgatório desses, passei na porta da velharia dos artistas, das velhinhas aposentadas, gente que fazia doméstica nas novelas na televisão, aquilo é depósito de carne esperando a morte. Tá mais pra louco.

Ó só, ó qui. Molhei a senhora? Desculpe a umidade. A chuva molhou o agasalho, não secou, não deu tempo. Pedi para a vizinha emprestar, mas ela não tava em casa. O tênis, precisei largar molhado no varal. Vim de sandália já que roubaram o vermelho e branco — eu tinha acabado de comprar.

Lá em casa, no quintal, bate pouco sol. E do lado ainda tem uma construção, uma que cimentou a laje do lado da minha janela, primeiro arruinou meu limoeiro. Na misturação de cimento, um pedreiro roubou o tênis vermelho e branco que eu amava. Tirou do arame. Faltava eu pagar ainda as duas últimas prestações do crediário. Era cópia desses americanos, de tamanho 35, serve na maioria das mulher. Tão bom, meu, que vendem até usado. Vou ter que passar lá na banca do Turco pra comprar outro. O turco, tão bonito, tão trabalhador. Meio loiro, nariz combinando, olho de Silvio Santos. Ajudei. Comprei dele e não da loja. Bem, ele foi com a minha cara, fez negócio facilitado e ainda me chamou pra tomar um rabo de galo na mercearia... Não fui, mas tô mais pra ir... Num tenho social, tá mais que na hora, né?

Licença de abrir a janela? O bafo das pessoas tomou o vidro e não deixa ver lá fora. Dá aflição. Caraca. Um minuto. Já fecho de novo. Calma, tá entrando uns pinguinhos. Pingos com vento, pinguinho de nada. Já tô fechando. Só Jesus pode mandar o aguaceiro pra encher os açudes. Lá no Nordeste tem muita gente que precisa andar quilômetros pra buscar água. Aqui em São Paulo rico lava louça de torneira aberta, cruz credo.

Aiiiiiii. Que joelhada. Sem querer, sem querer, sem querer, mas, mano, manera nos balanços. O motorista tá correndo demais na molhadera dos piso. Vai vê ele tá aperreado, quer chegar no ponto final, pode muito bem ser que precisa cagar.

Tem tempo que parei de ir no culto. Esconjuro bispo, pastor, padre, rezo com São Expedito das causas perdidas. Não, não tenho filhos, os sobrinhos, não conheci. Cheguei pela estação do Brás, vim sozinha do sertão, sem família, só eu. Nunca mais vi de perto uma jurema preta, um anum, uma jia, tanajura frita, também nunca mais sofri com carrapato. Também conto coisas boas, diz que palavra tem força de coisa, né?

Não, não casei, homem não presta, minha mãe ensinava. Ninguém tem certeza de nada, me contava: de pai, venho de índio. Mãe de quilombola. Sim, foi. Verdade. Sim. Concordo. Num diga. Então, eu também plantei mandioca, taioba, milho, laranja. Sou da roça de feijão de corda, enfiava o pé na lama, acordava junto com os galo. Cruzava nas trilha com os caras do fim de festa. Olhavam tarado meu corpo desde menina, olhos chispando pecado, num vai e vem de pororoca. Num ia sozinha de jeito nenhum, fingia de cinza de fogão esfriada, fazia cara de caroço de azeitona que dormiu na pia, mas sabe que por dentro tinha um que me punha fogo?

Uai, parou o motor. O cobrador mandou descer quem quiser? Não prestei atenção. Tem manifestação na Faria Lima? Lê por favor para mim o cartaz da meninada. O quê? Os manos reclamam do preço do restaurante da escola? Ferrou. Zero. Nessa chuva. Sinto muito, só salto no ponto final. Gastei o bilhete único que eu tinha. Você também?

Paciência é saber tirar piolho dos irmãos. Vamos esperar, quem sabe dá sorte e anda logo. Besteira sair à pé, num sou de cerimônia, durmo no ônibus até amanhã. Quando vai pro Norte, a gente dorme três noites no buzão fedorento, acostuma. Daqui até em casa fazendo bolha no pé? Nem pensar. É assunto pra peregrino que nós não é. E a chuva ainda apertou.

E essa covid, hein? Eu não peguei, você pegou? Tomei a primeira vacina. Passei mal, dores, enjoos, febre. Desencanei. Vi na televisão que os milicos fabricaram milhões de remédio que não presta. Que compraram um tanto de camisinhas. Mais viagras. E parece que vem outras vacinas de, sei lá de espanhola, de ave, galinha, frango. Eu hein, galinha é boa preparada de cabidela.

Quanto? Estamos aqui paradas há vinte minutos? Tudo isso? Não morro antes de conhecer o mar. De menina, um violeiro cantava no terreiro uma letra que mechas das águas são pregas de costura do vento. Ficava ouvindo no encantamento. Preciso encontrar o mar. Sabe, é capaz deu voltar ao culto do pastor Euzebio, lá eles levam pra praia de domingo, um ônibus por mês. Vou me informar. Conheci um bispo com cabeça de ovo e pescoço de ganso. No meio do culto ele cuspia numa escarradeira de areia uma bolota esverdeada. Começava a conversa sobre a morte, que ela nunca erra de porta. Não me enganava, sabe. Pedia dinheiro de dízimo com a testa enrugada. Tinha cheiro de cimento secando, arre. Ficava por conta de descarrego se eu um dia precisasse. Tem outra cura de pobre? Mas não entendo metade da falação. E fico com medo quando fala na língua do demo.

Sempre de propósito quis ficar longe do outro mundo. Com o povoléu eu não vagueava. Não assino porra nenhuma, digo de cara que não sei ler tudo.

Parou de chover? Cé reparou na escuridão do pedaço? Não costumo chegar de noite. Ah, moro perto do córrego verde, subinando na virada, no começo do chão de terra, perto do poste da luz que nunca apaga, ao lado da borracharia. Tem vez que a água cheira e a mosquitaiada não deixa dormir. Isso, bem no portão verde. A molecada maltrata minhas plantas. Já perdi duas arrudas e um alecrim, espada de São Jorge ali nem vinga, é tanta bolada, não aguentam desaforo. Jogam futebol na rua e, pro meu azar, na minha porta é o gol. Jogam quase todo dia, não faltam sábado de tarde. Barulhão, precisa ouvir, cada bolada que explode no latão. De vez em quando tem briga. Já veio polícia, não fala, não ouve, não pergunta, chega batendo. Fico com dó. Às vezes até coloco um ou dois pra dentro de casa. Lá no bairro já vi levarem um menino, ou foi dois, embrulhado num saco plástico.

Na vez que reclamei das boladas no portão, os moleques atiraram merda no meu telhado e ficou fedendo até chover. Aguento gambá, é da natureza, mas estrume não dá. Tem muito marmanjo no meio deles. E eu não tenho força de limpar o lixo lá em cima. No mesmo dia, bateu palma no portão, até pararam de jogar por um instante, uma mãe. Veio pedir açúcar emprestado. Dei, né, quem não?

Não, luz não me dá problema. Treme um pouco. Mas tô servida na boa, da empresa não vem cobrança, só dos daqui. Ó, há meio ano, desde a última vez que cortaram a minha luz, paguei pra um pessoal que presta serviço lá, fizeram um gato por cima da fiação do borracheiro, paguei cinquentinha e chegou um moleque em nome deles que ligou a gambiarra. É o mesmo que vem cobrar a proteção pro entregador de botijão de gás, pra água, pra fazer compra na mercearia do Epaminondas. Tudo junto dá uns cem reais por mês. Sem pagar, cai fora do bairro, senão... já viu. O rapaz da milícia, como cresceu. Lembra dele miudinho? Isso, aquele que o pai foi preso. Cê conhece? Mas o garoto no crime ganha três, quatro vezes mais que trabalhador chefe de família.

A chuva de hoje ajuda nessa secura, né? É culpam o desmate, as queimadas, água tá chegando duas vezes na semana. Às vezes três. Não tenho grana para comprar uma outra caixa pra reserva ou trocar a minha por uma maior. Uso dessas baratas de amianto, tá proibida, mas escondida você encontra à venda na loja do Ornelas, mas pede de jeito senão o balconista vai dizer que acabou, que não tem. Tenho que lavar o lodo no fundo a cada seis meses, até barata e pombo nadam lá. No fundo do lodo aparece cara de fantasmas se não cuida, igual borra de café. Uma vizinha exigiu a lavagem por que tem pavor de assombração. Até varri a entrada dela cheia de pétala que ela diz ser de anjinhos.

A Sabesp, faz tempo, cava para enterrar um cano de esgoto na barranca. Está tapando as fossas de todo mundo. Promete que, no Pirajussara, vão por um cano que pega a sujeira desde o Embu, para jogar no Tietê, mas a obra vai de tartaruga. Os morador e a milícia não quer coisa de governo por aqui.

Quando chove, os baixos enche até o pescoço. Muita gente perde tudo. De manhazinha já nem se vê mais a névoa, tudo por aqui tá enterrado, encanado. E o desmate vai subindo a serra. Eu ainda vejo vapor escapando do bosque lá do morro de cima, esses dias nos topos, no meu costado. Tá pra chegar a hora desses canos me expulsar. Vivo na aflição, a obra daqui está a seis casas para chegar na minha, justo no desvio do traçado que um juiz autorizou. Vou empurrando a situação, uso fossa que o córrego carrega nas cheias, nas trombas de repente, que me assombram, me assustam. Fico calada, não tenho forças para escavar uma fossa atrás da outra. Torneira eu tenho, mas quem não tem mistura tudo.

De noite? Na frente? De sábado me acostumei com o pancadão. Durmo, ponho papel molhado nas orelhas. Não tenho cão, bicho que sofre com os batuques, desse mal não tenho. Nem quero. Basta a gente mesmo. Amanhece e a rua cheia de latas de cerveja, de camisinhas usadas. A meninada faz fila ali de frente, num farmacêutico que aborta e tá quase mudando de tanta grana que juntou. Tem carro de polícia amiga dos festeiros, os meganha cuidam do som e das dança. Vi com esses olhos que a terra vai comer, chegar salsicha, pão, bebidas nos carros da delegacia. Parecem donos da coisa. Pode reclamar à vontade, os caras dão risada na sua cara. Morro de medo deles.

Ufa, chegamos, que boa conversa, nem vi passar. Olha, vem em casa, passo um café. Isso mesmo, aquela onde a jabuticabeira sujava a calçada. Os meninos cortaram de diversão. Isso, a minha é aquela caiada, só perguntar a casa da pernambucana, tá um pouco desbotada mas fácil de conhecer, sim, é essa mesmo, de fronte da borracharia do Zelão! É ele mesmo. O Zelão borracheiro que matou o vizinho do fundo. Mas diz que o vizinho tava pegando a mulher dele. Tinha prova e tudo. Aí a milícia protegeu ele. Deu razão. A mulher? Sumiu, ninguém mais viu, não.

Ah, vem sim, tem um jenipapo no quintal, vai dar fruto logo logo. Preparo licor.

No sofá preto

O dia fora chuvoso, vento de cantiga, pássaros resilientes cantavam. Ouvem-se sinos na igreja, mais amargos do que celestes, bate o relógio de ponteiros barrocos floreados na parede de pregos enferrujados. Hora de esquentar a janta, de mulher aleitar crianças, de peregrinar para dentro de si pelas ilhas das palavras. Também é hora de sublimes troças.

Leo, sem chão, não consegue barrar nuvens de pensamentos que embaralham remorsos, arrependimentos, malfeitos encalacrados na memória. Os detalhes prometem respostas, não escolhe sentimentos que o atravessam. Tranquilidade é coisa que não dura mesmo, anda sempre abespinhada. A gente assina sem ver as letrinhas esfareladas dos sentimentos de plástico e dos suicidas audaciosos.

Insone bamboleia. Vaivém nos poucos metros da copa atrás do bule verde para o café. Sua tristeza segue pegadas que ressurgem de um horizonte acastanhado que varre seu pensamento, impossível permanecer de pé. Deita-se no sofá preto da sala, bálsamo de anos e de moedas esquecidas nos vãos. Entrincheira-se. Tenta e não consegue articular uma só reza aliviante, qualquer que fosse, para aquecer o espírito do pai opressor ou minimizar a retaliação da mãe no céu. Tolerância não é complacência, medos estéreis travam a saliva na garganta. O sono não vem? Que raiva do horóscopo da tarde indicando foco em atividade produtiva, melhoras nas finanças e no trabalho.

Nenhuma lágrima visita sua secura, apesar de uma torrente querendo vir. Seu desconforto não cacareja, não bota ovo, nem range os dentes, ninguém sabe, ninguém nota ou conforta. No sofá, por décadas entortado pelos seus cem quilos disfuncionais, Leo traz de novo um fotograma da noitada de tortura que, na mocidade, lhe aplicou uma gangue em Santos, quando um desgraçado urinou sobre seus joelhos numa exibição de crueldade e poder do diabo: só agora computa o traço de que o xixi do capeta era sem cheiro.

Afasta a cena. Recupera a madrugada em que seguiu Ada na praia escura do José Menino, beijando um loiro com ardor. O rival era mais forte, mais velho, mais qualquer coisa. A cena recalca um arquipélago de dores de infidelidades marcantes nos tempos. Chegam em avalanche. Muda a página. Escuta de novo as batidas na porta do banheiro da rua Belém, quando segurava na mão esquerda *A presença de Anita,* recém furtada da biblioteca do clube. O toque-toque da mãe socando a porta sem trégua. Mal se livra do susto, do horror do estrondo materno, em vias de arrancar o batente, e reprisa a sirene de ambulância vinda pela avenida, espetando a ferida do adolescente mimado, informado da falência do pai. Dentro do furgão do resgate, revê o desfibrilador segurando a vida do comerciante fracassado, detonado pela tristeza.

Leo esforça-se por reagir, no peito ainda crepita uma brasa de Eros. Arrasta-se até a escrivaninha. Ao invés de se servir do licor aberto no aparador, evaporando ao leu, apega-se à purga resiliente na escrita, ao ligar o computador, guardião de suas crônicas de incertezas. Na tela, o noticiário do mundo cão desaba todo sem surpresas, as manchetes são desgraças num rol de adversidades e desumanidades. Ao acaso, numa plataforma de buscas, pesquisa concursos literários. Vasculha a lista, seleciona os que premiam em dinheiro com razoáveis prazos para inscrição. É tudo ou nada. Vai atender pelo menos um. Acomoda-se. Abre uma página de texto em branco, nomeia o novo arquivo de *Romance* e começa a digitar. Não costuma dar certo, pode muito bem ser que concursos não seja o seu caminho.

Tantos livros sofridos hibernando por aí em copiões, alguns publicados, a maior parte encalhada em caixas ocupando preciosos espaços de sua casa. Pudera, quase ninguém sabe que Leo existe, a não ser um punhado de agrupados em redes virtuais esquálidas, dessas que proliferam às centenas. Mas ele não quer saber de marketing, de badalar pela noite livreira, sem mesmo saber o que realmente deseja. Reconhecimento? Ser lido? Sabe que importa o que tem a dizer nesse terreiro onde a forma e o conteúdo se in serem entre o nada do começo e o nada do final; intui que beleza ninguém sabe o que seja. Que diferença faz ser lido por uma multidão que a tecnologia descapacitou a pensar, criticar, compreender? Como convencer que sua palavra é necessária, verdadeira? O fim do futuro mora nas dobras das cortinas que balançam à sua frente na saleta.

Frente ao microcomputador, Leo vacila. Quer inovar, inventar, e lembra-se que nada garante, a leitor algum, oferecer o bem e o bom de uma leitura, nem assegura identificação ou alegria. Ao contrário, o desconforto, a dúvida, a mutação, que contornam resultados da dimensão da arte. Há muita poesia que nem precisa ser compreendida, presente apenas para soltar fogos e sombras, silêncio vazio. No branco não nasce uma letra. Busca cenas sem elenco, divergências com passarinhos, frutas azedas descascadas. Puxa dos arquivos um recente artigo enviado e recusado pelos jornais da cidade. Confere a última negativa que sustenta a rejeição pelo tamanho avantajado do texto. Mas, bruscamente, Leo acha possível salvar a peça. Acredita e põe o material no visor:

A escrita arroz de festa
Por Leo Lara

A pulsão de escrever e ser lido tem movido grandes somas de dinheiro e uma cadeia satélite de profissionais prestadores de serviço, editoras, gráficas, fábricas papeleiras, venda de tintas, livrarias, correios e motoboys. Os autores, entre médios e medíocres, talentos e gênios, os verdadeiros agentes deste festival, multiplicam-se incontáveis. Centenas de pessoas, em número crescente, vêm se inscrevendo em concursos literários no Brasil.

A esta altura, impaciente com a própria arenga, Leo cansa da releitura, salta pedaços. E retoma. Se dá conta que suas críticas são ingênuas, são textos que envolvem, quando envolvem, mas não comprometem. Pula o trecho dedicado ao roubo de ideias de escritores, de tramoias de editoras, especialmente em feiras internacionais, de conluios de acadêmicos e de jurados. Indeciso pula também o ataque raivoso ao corporativismo das academias de letras, e estanca relendo as consequências da luta pelo poder nas Universidades. Tornou-se lugar comum, entre as pequenas editoras, inventar antologias e concursos fajutos sob inscrições pagas que, no final da festa, publicam os melhorzinhos, amealhando gordos montantes ou boias de náufragos.

Nos jornais impressos e nos espaços nobres da mídia eletrônica, as grandes editoras abocanham a maior disponibilidade de tempo e espaço. Suas listas de autores, mesmo medianos ou até medíocres, são preferenciais porque comercializáveis vis a vis nomes desconhecidos, não raras vezes artisticamente superiores.

Na releitura, Leo deduz que a racionalidade é um engano, sente o amargor da autodepreciação, mas ainda admira aparvalhado o próprio bisturi ao conferir a última assertiva do malfadado artigo, efetivamente rejeitado, porém com o título corajosamente preservado: *A escrita arroz de festa.*

Não sente proximidade nem distância, apenas ironia protagonizando um arremedo de rebelde que se levanta e vai à geladeira buscar água. Seu mal-estar persiste. Entregue à impossibilidade de sobreviver da banalidade da escrita, retorna ao sofá preto e esgrime renovados fantasmas.

Como livrar-se das atribulações? E deriva, como conquistar uma nova mulher? Onde arrumar trabalho? Que trabalho? Vê-se em ruínas, fazendo o jogo do contente com a saúde, que tem roupa lavada, um lugar para morar e comida farta. Tenta, sem sucesso, fazer o jogo do contente: que tenha gosto de beber e de comer, conforme uma oração sabática que lhe ensinou um rabino num banco do Jardim da Luz. Seja um organismo produtivo, louve o dia do descanso. Amai-vos uns aos outros, a civilização é um conjunto de crenças em que queremos acreditar.

Pela janela, dirige o olhar aos fragmentos do céu picotado de prédios de trinta andares, um atrás, um de cada lado, tapando o que um dia fora sua varanda com vista para o leste e norte da cidade.

Agora olhar é imaginar. Meio século no mesmo lugar e, de repente, sequestram a luz direta, impõem a sonoplastia de britadeiras e ininterruptas buzinas de motociclistas abrindo passagens, vacuidades de nuvens substituídas e refletidas por vidros fumês. O bairro de casinhas do século passado com costureiras, encanadores, chaveiros, quitandas e armarinhos, um teatro que não existe mais.

Delícia era o gingar pueril da espanholita da vidraria da rua Belém; fumar escondido com a Natália da rua Sargento Capistrano; fazer cócegas nos peitinhos nascentes da Fani no Bom Retiro, a rir solta na rua da Graça. Fui feliz, reconheço, porém — dizem os longevos — não é bom viver demais, acaba-se ven-

do o que não se quer, preciso dizer — logo que voltar a encontrar — ao rabino da Luz.

Apaga o arquivo e começa a redigir um novo: digita sequências que guardou escritas a mão na caderneta de bolso, sua inseparável *Aide Memoire*:

Dia 30 de março, Veja quanta beleza, vento a enlouquecer árvore, imagens fazem valores. Dia 02 de abril, Palavras se espatifam como folhas nos meus pés, como vinhas pisoteadas no lagar. Dia 05 de abril, A razão ensandece, fustiga trapaças fumegantes na alma. Dia 29 de abril, cobiça e acumulação são impressões gustativas. Dia 30 de abril, divinos pulmões pingam num ponto final, a poesia se infiltra no esqueleto.

Recidivo, Leo volta ao sofá preto de couro puído. Ressente a primeira surra que levou aos sete anos de um vizinho pirulão de nove anos, sua coleção de pedras de tropeço, entre as quais cresce mato. Nada envelopa seu torpor. Nenhum frescor pele adentro. Soluços surdos e reprimidos o surpreendem de repente.

Enfim adormece traficando o passado entre imortais e mortos.

Derivadas de guardanapo

Solitária na praça de alimentação do shopping Butantã, desenvolta, ergueu-se calma, suave mansidão de arroio, e depositou seu guardanapo sobre a fórmica da simplória mesa de madeira. Recatada, pouca maquilagem, sem manchas de batom, ela sabia e simulava que eu a olhava interessado, filtrando por véus de civilidade. Sua silhueta parecia um desenho da Bauhaus: a função define a forma. Ela, sem quinas, sem arestas, sem vórtices e sorvedouros, uma entidade que escultor algum pudesse ignorar.

Eu, um homem comum, não faço bustos de bronze nem máscaras mortuárias, mas me entrego ao atelier do acaso.

Não perdia um só movimento, registrava o que tocasse, encostasse, ou aquilo que a distraísse, admirando a inexistência de manchas de suco de tomate na brancura do papel que enxugara sua boca, sendo que ela almoçara um espaguete *al sugo* com elegância, sem apoiar uma única vez braços e antebraços na superfície da mesa. Era seguramente fina por natureza, astuta, tendo preservado a dobradura dos três retângulos de papel do jeito que vieram embalados em plástico, disponibilizados pelo quiosque Divino por Quilo.

Teria sido educada em Toquio, Okinawa, Okaibo? Não sei de onde assumo tanta certeza de que tem sangue japonês. Fosse coreana, filipina ou vietnamita, eu estaria inseguro.

Mapeei sua expressão preciosa, amendoada, amaro-cítrica-açucarada, servi-me da hipermetropia, mas, considerando o interesse que me tomou por inteiro, dei falta nesta fascinação de um binóculo, uma lupa, um microscópio. Melhor faria face a face. Claro que meus batimentos eram de leão sobrevivendo em incêndio na savana. Conferi que ela arfava levemente, sugerindo que alguma emoção tutelava seu ritmo respiratório sutilmente veloz, acionado por inacessível desordem. Com este ponto fraco, inseguro me pus a interpretar a rápida movimentação da íris, sua súbita alegria ou decepção camuflada. Ela ocultava no rosto panteísta artimanhas e conflitos animados por uma lista de deuses nipônicos que respondem por iluminuras apropriadas à cada hora. Respirava pureza e perigo, espinhos e flores, incongruências, coisas de *ladies*. Naturalmente não ingeria bichos que andam, principalmente os de quatro patas. Afastei a possibilidade vegana e concluí: é xintoísta.

Uma dama é o que posso dizer. Faltando ar ou não, ela preserva a classe de corte francesa, inglesa, austríaca, almoçando num restaurante popular de praça de alimentação... valsando sobre chão de lajotas, infensa a exames antropológicos de um Hélio que muito vê, de um narciso que a desnuda, do calor da fornalha feminina de atrair, harpista no manejo da sedução desejada.

De pé, aprumou-se sobre uma plataforma da moda e caminhou — ou melhor, desfilou em veleiro sem orça —

rumo ao corredor de toaletes. Pude, num átimo, apurar unhas dos pés bem-feitas em tons lilases, enquanto eu corria para guardar no bolso o rejeito de papel abandonado na mesa, joia que visitara sua boca, uma profana encosta de carne lúbrica, nariz arrebitado, cintura egípcia, bunda asiática, dessas que o Oriente se locupleta certo de desfrutar de um adicional inigualável: o prazer de servir. Ela caminha com a sensualidade de gueixa, adivinho seu aroma de cereja, uma alma encharcada de decantada volúpia desde o misterioso Pacífico.

Depois da refeição bebeu água sem gelo — presumo que, para uma *lady,* refrigerante seja veneno que desce pelo esôfago como sabão em pó. Sigo-a com o olhar mais atrevido do que quero represar, orgulhoso nas balizas de um cavalheirismo, no limite de não constranger a disciplinada, a classuda, a caminho de esvaziar a bexiga. Nem pensar que ela fizesse mais do que isso num banheiro de shopping, uma linda desse quilate não parecia capaz de propiciar cheiros e ruídos estridentes fora de casa. Esperei reflorestando o imaginário. É hora d'eu encenar humor e curiosidade, sem ironia, hora de promover sorriso e encantamento, inocência e confiança.

Na cadeira em que se sentara, ainda morna, vi que deixara cair o batom. Imediatamente embolsei o cilindro esvaziado pela metade. Aspirei, tonto, como se fosse perfume. Ingeriria até a poeira desmaiada pela sua presença, se houvesse. Mas, já possuía o melhor pretexto para abordá-la: devolver o tubinho. Esperei paciente, com a distância necessária da porta do sanitário. Seus cabelos lisos de ninfa do Peloponeso, associei, seriam os de Perséfone no Olimpo a secar, enquanto Zeus e irmãos se divertiam desarmonizando o universo.

Nessas horas — compulsão em torvelinho — sem poder evitar, eu me sabia de testa vincada. Coração batendo sem tipoias. Sim, fui atrás, determinado como cisne que passa debaixo de uma ponte. Desejo em estado bruto, ininterrupto. A estrela saíra da toalete, corredor adiante, no rumo da casa lotérica, antes arremessando com muita delicadeza e lentidão, uma espécie de lembrete amarelo que encestara no lixo. Encabulado, revolvi os detritos mergulhando no latão, fortuitamente me apropriando do papel. Fiz muito bem, haja intuição. Lí o manuscrito, em caligrafia impecável, onde ela escrevera (no banheiro, para mim?):

Caro Seguidor

Não me contento com uma loja de frases,
sou veneno e remédio,
pisoteio excentricidades
com esponja de blagues.

Brenda
(São Paulo, 30 de março de 2023)

Ave, ela faz poesia? Muito rápida, em direção à casa lotérica, a perdi de novo. Perguntei às três caixas se conheciam a Brenda, se era cliente frequente, supliquei por qualquer palavra. Não, nunca a viram antes. No terceiro guichê, a de crachá Magali informou que a figura apostou na Megasena e amassou o prospecto do jogo. Sua aposta deve estar por aí, ponderou. Confiando nos meus anjos cuidadores, arritmia no peito, localizei o papelzinho ao lado da caixa da Magali, saquei da carteira exatos cem reais (vinte apostas de 5,0) que apliquei nos seus seis números (cachorros 18, 19, 20, leais a Buda — e cobras 33, 34 e 35, desleais na Árvore do Conhecimento do velho Testamento). O prêmio, louvado seja O Senhor, será de R$ 75 milhões, infletindo o espírito e aspirações de qualquer mortal. Antecipo (*spoiler*) que mais tarde esqueci de conferir o sorteio, o que mais se esperaria?

Brenda avançara pelo portão norte em direção à estação do metrô, linha 4 amarela, São Paulo — Morumbi. Ora, decifrei que minha fada tão chique não iria para a Vila Sônia, última parada do trem ao sul. Acreditei na plataforma para a Luz, com maiores chances de acerto, cruza Pinheiros, a Paulista, Higienópolis, vai até o Centro velho. Pensei comigo, poxa, nesta altura da vida achei serventia para a cadeira de estatística que cursei na faculdade de administração. Tive forte discussão com o professor se aprender aquela velharia valeria para alguma coisa. Em aprender nada se perde, repetia até dar no saco, esse professor de médias e medianas, ilusionista dos algoritmos probabilísticos.

Desço as escadas rolantes como se viesse a ganhar uma maratona de veteranos, e a vejo entrando no vagão com a porta fechando. Sinto que ela me viu, me reconheceu. Trocamos olhares de filme, bem vagaroso, preto e branco, *nouvelle vague*.

Éramos *Trinta anos esta noite*, éramos um *Golpe de Sorte*, éramos *Ano passado em Mariembad*. Seu erguer das sobrancelhas me confortou. Comparei seu gesto a cenas de *A noite, O Gato e Ligações Perigosas*, nenhum filme nacional. Que falta faz ao imaginário a nossa cinemateca.

Frustrado, entro em casa e a faxineira pergunta se pode jogar um saco de papel no lixo. Quero ver. E encontro o cartão de visita de um velho amigo de peladas dominicais de futebol de várzea, que há vinte anos trabalha na Reitoria da Universidade. Sinal do céu? De pronto faço contato. Depois dos necessários salamaleques, Gumercindo me informa que há 18 Brendas a serviço da Academia, seis em ciências humanas na Capital, uma em Letras que iria embarcar amanhã para estudar Walter Benjamim, na Universidade de Bremen, na Alemanha, sendo as demais físicas, matemáticas e agrônomas.

Gumercindo sugeriu que a minha Brenda é aquela que tem trinta e três anos, paulistana, solteira, mestrado em poesia toscana e pós em alemão. Penso feliz e infeliz: é ela, 33 anos, cobra no jogo do bicho, cachorros na Loteria Federal, torcendo que caia um raio de sorte e dinheiro em seu ninho uma vez na vida. Para os evangélicos, 33 anos é uma efeméride, a relevante idade do batismo de Cristo. Para mim, é o selo cabalístico da senhorita Brenda de Bari Nakata, fruta mediterrânea, alho, cebola, oliveira, conjugada às cerejeiras do Japão, síntese carnal do tríduo nisei-ítalo-germânico, o eixo derrotado nas duas grandes guerras do século XX.

Na Faculdade de Letras, reconheço sua foto, encontro a dissertação de mestrado da musa: "Poesia envelhece no espelho em doses singelas, um sótão aberto em declínio", Editora Universitária, 2022. Procuro ler. Não entendo patavina, só sinto sons arrumados para um quarteto de câmara ou um prefácio de abstrações dirigido para o folheto oficial de uma intraduzível instalação da bienal de Veneza. Um cobertor de palavras sobre melancolia, indulgência e resignação. Um nem lá, nem cá, um tanto faz, tanto fez, uma lista de adjetivos e advérbios — desses que provadores de vinho empregam nos jornais — que não me dizem nada.

Na primeira página da longa tese, desde logo em epígrafe, a mestranda registrou:

Acima do mar, o poema desembaraça o pensamento.
Vertente, leal, persistente, sem pressa,
luz que não se esgota na planície nem na vertiginosa
encosta.
Navega no existir, na incerteza, no impossível,
no vão da alma, entre dores.

Descobri no seu histórico escolar notas excelentes em português e artes, cursando o ensino médio precisamente no mesmo colégio estadual que eu. Fui até lá conferir. Dona Zizinha, a diretora desde nossa época, me mostrou sua primeira redação de português, com doze anos de idade: uma baboseira infantil como se espera. Me senti um babaca.

Multiplicados os acasos e as necessidades, comprei assento num voo para Amsterdã rumo a Bremen, em busca de Brenda. Afinal, Bremen — 500 mil habitantes — se divide em cidade portuária e estudantil. Cravada na antiga região da Liga Hanseática, hoje menos importante do que historicamente teria sido, Bremen se famigerou de um potente polo naval, atualmente esmagada pelos competitivos portos de Hamburgo e Amsterdã. Não seria impossível encontrar os olhinhos puxados de uma brasileira vistosa na Faculdade de Letras, apesar da adversidade de meu alemão inexistente e da geração germânica mais velha preferir não falar inglês.

Desde São Paulo, em doze horas chegarei na Holanda. Na poltrona da frente, um judeu ortodoxo, com bandeja especial, põe um ovo cozido na mesinha para ilustrar às crianças como a realidade é instável e dá voltas. O voo estava cheio deles que têm papel destacado na Antuérpia segundo a revista de bordo da KLM. Instalado na janela do avião, ao meu lado senta-se uma tailandesa que não suja o guardanapo; que não deposita braços e cotovelos na mesinha de refeição; que usa batom *nudes,* dona de autêntica bunda asiática, vestindo saia minúscula indômita, inicialmente recôndita. Não deu outra. Passadas oito horas de conversação, ela agora arfa sobre as Canárias, porque eu toco seus seios de ovos perfeitos estalados: a gema circular da minha metáfora carnal apolínea embevece com perfeição analítica e clara erupção perimetral dionisíaca.

O Airbus ultrapassava Nantes ou seria Lille, golfo de *Gascoña,* no aurífero momento em que Lili Wang já me perguntava se eu aceitaria passar alguns dias em sua casa, em Bangcok, uma vez que os pais estarão de férias na propriedade praiana de Bali.

Não hesitei. E singrando nos mares do sul da China, esqueci absolutamente da aposta vencida da lotérica do sho-

90 PAULO LUDMER

pping Butantã, secando minha toalha no *desk* do Betrailing, veleiro oceânico de cento e vinte e três pés dos reis do arroz, família Wang. Jamais me lembrei, empurrado pelos ventos de popa, contornando centenas de ilhas indonésias, que Brenda estivesse às voltas com o complexo pensador Walter Benjamin.

No primeiro outono, Lili Wang sumiu com um javanês muçulmano, foi quando abandonei o barco e fugi para Bremen, evitando pagar as despesas de atracação da embarcação.

Ferreiras

O túmulo é seu, sentenciou o juiz da Comarca de Taioba. Respirei, abracei meu defensor. Tive medo de perder a causa, intuía que a vitória mudaria a minha vida, mas nas comarcas do interior nunca se sabe. Não sei explicar por que me envolvi tão fortemente nesse entrevero, farpa de viver numa realidade mais estranha do que já parece. Nela, um único ponto forma a teoria de tudo, a estranheza do todo, o acaso atravessa as dunas dos enigmas e faz da arte de viver uma surpresa acidental.

A contenda me tirou do lago da indiferença e me conectou com o desejo fabular, intestino, obstinado do triunfo.

Curiosamente a placa de bronze com o nome de meu bisavô — desembargador Justino Ferreira — permaneceu intacta depois de cento e vinte anos agarrada ao tijolo original da lápide. É verdade que anonimamente arrancaram a cobertura de granitos verdes, gosto perene dos homens da família; porém, em substituição, caiaram boa parte do túmulo que ficou sem epitáfio, cravejado de morbidez. O bronze resistiu à sanha de ladrões, sobretudo aos querelantes, nesse contencioso em que pedi a reintegração de posse da pertença.

Somente agora reconheço que vivi um processo que não acaba para além de terminar, não enseja frescor, pede choro e aprendizagem, acolhimento e hostilidade, reminiscência e questionamentos de ordem inesperada.

Eu e os habitantes do lugar tememos a retaliação do céu e talvez das gangues locais. Os moradores são orgulhosos da paisagem, dessa colina coberta por jazigos brancos na encosta do seu morro mais alto, formação de xisto e piçarras. Embora bastante primitivo, o cenário tem resquícios rococós de cemitérios artísticos, até mesmo turísticos, da Ibéria, da Itália e da França. Incluo a Recoleta, em Buenos Aires.

Alguns moradores adictos garantem que, a localização inteligente do aglomerado pictórico, da capelinha e da morgue, não afeta o lençol freático, manancial dos poços de água domésticos da cidade abaixo. No declive, há degradação, vêm-se cupinzeiros, por isso não sei não.

Na vizinhança já tem cidade roubando água do aquífero Guarany. A próxima será Taioba, uma urbe vigorada pelas famílias dos senhores do café, depois arrasados na crise mundial de 1929. Os fazendeiros migraram, obrigados pelas esposas e filhas, para os salões urbanos ao encontro dos mascates, trazendo as últimas novidades culturais e tecnológicas eurocêntricas. Os graúdos não entendiam de saneamento, tampouco de água. Somente intuíam do abastecimento sem maior envolvimento. Agora os açudes parecem perto do esgotamento.

Depois do desembargador Ferreira, os restos de meu avô e do papai pousam na mesma tumba. Eles compartilham o espaço com o compadre comum, senhor Miguel Alves, apelidado de mão para toda obra. Miguel, ancião, pediu esse mimo: e, por gratidão, foi atendido no espaço compacto e sinistro. Foi uma prova da força da amizade que transcendeu a resistência oferecida aos colares de orquídeas mais funestos, de aroma reconhecidamente enjoativo, onipresentes nos antigos rituais dos sepultamentos, especialmente de Miguel Alves.

Consta curiosamente que o laço Ferreira-Alves nasceu na arca do mesmo meretrício, a internacional Casa de Izildinha, programa noturno inescapável de maridos naquela contemporaneidade, segundo registros de diários de mulheres do lar aparentemente conformadas. O município de Taioba se ironizava: Terra onde o amor sua em silêncio no coliseu da ilusão. Pois na Izildinha se exportava café e se importavam paraguaias, polacas e gueixas japonesas que, durante o dia, dedicavam-se à mini lavoura de hortifrutigranjeiros. Na noite da cidade ainda provocam a gente na praça da matriz: lugar bom de ir embora superado pelo desejo de ficar.

Não entendo por que os Ferreira concordaram com o compartilhamento do túmulo, mas desconheço a plenitude dos contornos dos laços afetivos daquele século. A cela é pequena por quê no final do século XVIII e início do XIX, quando ergueram o mausoléu, os brasileiros de origem mediterrânea eram mais baixos, tinham ao redor de um metro e setenta. Ademais, na velhice encolhiam. Estou recontando o que se reproduz na pensão Santa Genoveva, em Taioba, onde algumas vezes no decorrer do processo judicial me hospedei. E o falatório dos frequentadores era imperdível. Uma das pérolas que encontrei e está lá, num quadro na parede da recepção no qual se lê: A pólvora do amor aqui explode, incubamos felicidade. Para gaudio da Santa Genoveva, a alta rotação mantém o estabelecimento em operação.

A propaganda de Taioba disseminada no interior paulista, bem-vindo ao Terreiro da Sensualidade, distanciou enfaticamente a minha mãe que não fez questão de atravessar os tempos naqueles metros quadrados, muito menos na companhia daqueles homens machões de grotão, modo como a matriarca se referia aos seus cinco mil habitantes, a mesma população de um edifício comercial da rua dos Pinheiros, onde ela viveu seus últimos dias. Temia — e o tempo lhe deu razão — a ausência de visitações familiares. Desse modo, seu corpo foi parar no jazigo do seu clã, no refinado cemitério do Araçá, em São Paulo.

Até hoje prevalece a tradição, entre meus entes queridos, de expressar em vida a configuração dos seus próprios funerais. Mamãe foi atendida e, a propósito, ninguém dos seus quis ser cremado, tampouco doaram órgãos. Vou na mesma linha. A humanidade, para nós, fica fora da algibeira, guardada em outro lugar. Mamãe repetia com desprezo: Taioba é uma cidade onde não se contratam arquitetos, todos efeminados, os machistas constroem casas para suas mulheres ao redor dos tanques de lavar roupa.

Fazia anos que, sem exceções, os Ferreiras sobreviventes pela venda de suas terras roxas, as mais afortunadas para a lavoura, não visitávamos Taioba. Esse desleixo cada vez mais comum entre os descendentes, cerca de meia centena de graduados almofadas de elevada escolaridade, foi consequência de uma educação flexível, liberal. A civilização não passa de um conjunto de crenças em que todos querem acreditar, foi a frase icônica do patriarca Ferreira, repetida boca a boca por todos nós. Vários parentes de segundo grau sequer se conhecem, mas tenho certeza de que o lema é compartilhado. Além dele, nosso vínculo com a pequena cidade sobrevive no jazigo, testemunha dos desfigurados novelos de parentesco esgarçados pelo fim da fortuna. Mamãe tricotava ditando: esses novelos foram desmanchados pelo mundo, não dão nem para um cachecol monocromático.

Eis que uns três anos atrás, dirigindo pela estrada rumo ao Noroeste do Estado, lendo a placa "TAIOBA 2 km", eu decidi entrar pelo desvio, acender uma vela e orar pelo meu pai. Necessitava acumular sorte em busca de um financiamento em Brasília, o real motivo do deslocamento, mascarado pela falsidade hipócrita de alentar espíritos com orações. Supus que velas acesas aqueceriam as almas do vovô e do papai, aumentando as chances de consecução dos meus bons negócios. Reconheço que sou um pouco egoísta, egocentrado, jamais narcisista, talvez um pouco oportunista. Quem não?

Tomaria um café na praça da matriz, onde brinquei de bola de gude e roda pião, e reuniria energia para prosseguir na viagem. Quis surpreender a todos de casa levando o inesquecível queijo coalho, orgulho dos produtores locais, premiados na Europa. Compraria a iguaria para os meus, enchendo um isopor gelado (na hospedaria sempre haveria de ter frigobar, individual ou coletivo). Observo que um pequeno lote deste primor só está disponível na mercearia defronte ao coreto. A quase totalidade é embarcada para a Itália, chancela ótima para levar um lote exagerado, sempre orquestrando argumentos defensivos de que não fui vitimado pelo marketing.

No empório, também compraria fósforos e velas para as almas. Num mundo de papel de parede e vidros embaçados, trataria de dar cabo da pressão do diurético que engulo no amanhecer e atormenta minha bexiga, cobrando esvaziamentos dramáticos. Ora, dessa forma eu ainda curtiria os ladrilhos portugueses do banheiro, as esquadrias com metais ingleses da Mercearia Princesa Leopoldina, revendo a descarga da privada de trinta litros, com uma correia de ferro vazado de tempos imperiais.

Cruzado o pórtico do cemitério — contente com esse improviso na rotina — abri a bem conservada portinhola e não vi um centímetro de folga entre tantos invólucros de ossadas. Com espanto me dei conta, entre temores de vingança de fantasmas de almas penadas, de que o túmulo acomodava estranhos defuntos. O domínio fora extensamente invadido. Virou um condomínio com interfaces no além, no cerne mais sensível de quem desde criança dobrou-se a este tipo de medo, criou recalques, sublimações, exorcismos e macumbas.

Segundo os autos processuais que se seguiram e que determinaram um cansativo vaivém de São Paulo a Taioba — a autoria da injúria não era de ninguém menos do que de uma parente em sétimo grau do alcunhado mão para toda obra, senhor Miguel Alves, honorável amigo do bisavô, aquele que mantinha o valor da amizade nos páramos celestiais da putaria. Fiquei irado, macambúzio, vez ou outra risonho da comédia, paródia, novela classificada do jeito que fosse.

Os fatos que embasaram o júri e o juiz da comarca são melhor resumidos pelo memorioso coveiro Nicanor, sobrevivente matusalêmico, há trinta anos no disputado emprego público local. Ele depôs no início do processo que fazia uns vinte meses quando começaram a trazer mortos para o endereço do Justino Ferreira. Estranhou. Foi de repente. Por sua vez, quatro semanas antes deu ativar o contencioso no Fórum, Nicanor narrou que o féretro de uma mulher de mais de um metro e oitenta, famosa doula da região, ali mesmo havia sido prensada, com as coxas encruadas na bacia e pernas dobradas dentro da urna, de modo a não ficar com parte dos pés de fora da construção. Tratava-se de mais uma cliente de dona Amelinha Alves, moradora da Praça da Matriz — número 2 que, sem escrúpulo, dedicava-se a corretar sepulturas, provavelmente esquecidas pelas famílias, para ingênuos e incautos. Amelinha, natural de Taioba, era contumaz nos cemitérios de Bragança, Extrema, São José dos Campos a Lindoia.

Felizmente me pouparam de assistir à exumação das ossadas e restos que retiraram do arcabouço sob contenda. Haja estômago e bolso para essas cenas. Entrementes, gastei com advogado mais do que um túmulo novo, torrei o suado dinheiro antes economizado que usaria na sonhada reforma da cozinha de casa em São Paulo. Vale dizer, evaporei o dinheiro auferido com a consolidação do negócio em Brasília, viagem de onde tudo isso se originou. Eu sabia que não haveria como cobrar a sucumbência da senhora estelionatária que, no meio do processo, sumira com um líder do crime organizado no interior do Paraguai. Eu que me preparasse para ameaças e retaliações.

Senti culpa por buscar meu espaço e ao mesmo tempo expulsar restos mortais nem sei de quem. Porém o ódio derreteu a serenidade. Mastiguei danos no meu valioso tempo, por ter vivido a indigesta e demorada provação: seria purga pela leniência dos Ferreiras tão alongada? Outras sequelas me atingiram, acusado de mau gerente do dinheiro doméstico. Onde se viu gastar sem diálogos e consultas as nossas restritas poupanças? Minha mulher, enfurecida, deixou de falar comigo e tudo indica que deveremos nos divorciar. Quando casamos minha sogra, oráculo lapidar na esfera dos costumes, mal sabia, mas me ameaçou, olha aqui moço, pense bastante ao levar minha filha, porque nós não aceitamos devolução. Sobraram clichês nas minhas trajetórias desse relacionamento.

Fosse eu economista e até poderia dizer que obtive ótima compensação pelas agruras suportadas. Pela matemática que coteja risco, custo de oportunidade e benefício, afinal, recuperei meu modo de ser e estou em vias de retomar a liberdade. Tive de enfrentar o esgarçamento do casamento longevo, dos tempos em que se praticava o regime de comunhão de bens. De qualquer maneira, fazendo o balanço de ganhos e perdas à parte, mesmo dormindo semanas no sofá da sala, assegurei o meu último endereço para depois de aposentado. Os sábios do interior até dizem que, quando um marido se queixa de que a sopa está fria, é porque o resto já descambou. Confesso que sopa quente sumiu de casa há muito tempo.

Ainda não conferi as repercussões da vitória judicial em Taioba, uma vez oficialmente notificada a família, diante da indiferença do clã dos Ferreiras. Esses indiferentes não tomaram conhecimento de nada, não quiseram incômodos desconfortos, mas poderão criar caso (espero que manifestações injustas tardem demais para mudar o que consegui). Será que alguém disputará o espaço comigo naquele escurinho?

Em contrapartida, não some da minha cabeça, especialmente nas madrugadas insones, a visão do parceiro da doula, a última sepultada junto aos Ferreira, já policialmente transladada para longe da tumba do clã. Na porta do Fórum, cara de desespero, punhos ao céu, o cinquentão companheiro da defunta xingava minha mãe, com voz de locutor de rádio de frequência modulada. Urrava: cabe recurso, cabe recurso, cabe recurso. Onde já seu viu, não respeitam nem mais os mortos.

Come, senão...

— Isabel, traga sua maleta.

Obediente, a jovem de ossos aparentes, dentes de sabres entre janelas, põe sobre a mesinha de segunda mão sua valise de papelão marrom vazia, aquela que trouxe seus cacos pernambucanos no final dos anos 40. A moça recém veio da fome e, na pauliceia, no cio da cidade, arrumou emprego com dormida.

Desde então, sua valise fica empoeirando sobre o pedal da máquina de costura da Dona Ângela, que atiça a moça para comprar uma Singer a fim de — nas horas vagas — costurar para fora. Por isso mesmo, a moça da roça de Serra Talhada começou a encher de moedas um cofrinho de louça, controlando o céu no olho e o vendaval na mão, menos por ingenuidade, mais por convicção. Já aprendeu que sua boa saúde e o patrimônio corpo valem bem mais do que uma missa.

Atenta, Isabel admira dona Ângela na cozinha do minúsculo sobrado da General Flores, na antiga várzea do rio Tietê. Até hoje, depois de asfaltada, a Flores preserva casas geminadas, mas sem o perfume do chão de terra, os lampiões de gás, os carros movidos a carbureto. O rio retificado já não vaza serpenteando pelas suas bordas, num Bom Retiro — na beira da estação da Luz — que foi bairro dormitório convertido em zona de produção e comércio. Seus quarteirões ainda acolhem toda sorte de forasteiros, dos mais humildes aos muito empreendedores.

Dona Ângela seduz habilmente a dedicação de Isabel, diz que a inclui na casa, que agora ela é pessoa da família, um lar onde a Divina Luz se faz presente, onde a Bíblia sagrada é o único livro da vida. Só a caríssima caixa de chocolate da Nestlé ou da Lacta são exclusividade das crianças e das visitas.

Fim da Grande Guerra. Na rua, os vizinhos convivem integrados, mesmo os italianos e lituanos, releve-se que ainda não havia geladeira ou televisão. Depois da janta, eles se sentavam e conversavam nas portas das casas, as crianças brincavam e interagiam na calçada, e transmitiam piolhos, segundo reclamavam os velhos incomodados com os alaridos.

Ao amanhecer e ao sabor de rotina, o leite era ordenhado de cabras em trânsito, enquanto um caminhão distribuía gelo em paralelepípedos para conserva dos alimentos das famílias. O padeiro, nas entregas, se desculpava pelo incômodo ruidoso repetindo monotonamente que sua carroça range como os homens ocos. As mulheres do lar (poucas trabalhavam) aproveitavam a oportunidade para dar restos de legumes ao cavalo, ele mesmo velho estridente merecendo aposentar-se.

— Palacão, come ou mando você para os padres, ameaça dona Ângela. Fiz esta sopa para você; vamos ou coloco suas roupas na mala. Aviso pela última vez: sem cenoura cozida você nunca vai assobiar. Sem batata doce, não cresce. Que homem você quer ser? Tampinha que nem o presidente Vargas?

— Isabel, traga as roupas dele. Comece pelo maiô vermelho, ele não vai mais passar férias em Santos. Jogamos no lixo? Você sabe, né, no Coração de Jesus, no Dom Bosco e no São Bento, nem tem onde nadar. Lá ou se come sopa, ou se passa fome. Aliás, Isabel, tive uma ideia, você conhece alguma criança pobre para dar esse maiô desnecessário?

A empregada traz uma penca de roupas para a pequena mesa capenga, pedindo calço. O prato basculante quase derrama o líquido pelando sobre o peito da criança. Nas mãos, o maiô vermelho, roupas desdobradas e redobradas para dentro da mala, bem devagar. A sertaneja intuitiva parece perita no inflamar da angústia. Quem sabe o teimoso se resigna?

— Mãe, não consigo engolir, balbucia Paulinho, abreviação de Palacão do Inferno. Testa crispada, fiapos de legumes nos caninos de leite, mãos contraídas no centro do medo, engaiolado sem frestas para fugas.

— Isabel, arrume a bagagem, levamos o malcriado para o internato daqui a pouco. Não quero passar vexame com o frei Belisário. Ele me disse que no mosteiro, quando deixam esfriar a sopa servida, tiram o prato na hora; mas, no jantar, requentam e trazem tudo de novo, no mesmo prato, para a mesma criança. Sei de meninos que acabam comendo até pedra, senão desmaiam de fome e vão tomar injeção de soro na enfermaria.

Palacão desbota, acelera o coração, arfa, torce o pescoço desvia as narinas do vapor. Revira os olhos, abobrinha encruada na boca, planeja se escafeder do internato para a tia Adélia, para a tia Bela, para a tia Maria. Acredita que irá se sustentar vendendo aviões de papel, precisando apenas de um caixote que conseguiria de um feirante na rua Tocantins. Papel? Roubaria dos jornais deixados em muitas portas. Dobrar é fácil, aprendera com a vizinha, dona Amélia, que gostava de lhe dar banho, e pedia para mostrar o pintinho. Um dia nadaria para as priminhas Vitória, Marta e Berta, vestido com o maiô vermelho, mergulhando no Gonzaga ou que fosse no rio Tietê.

— Chega, mãe, chega, consegue dizer sem chorar.

O ódio se incensa na cozinha de três por quatro metros, com sol indireto antes da tarde. A luz tem regras, chega por reflexo de janelas vizinhas. O ar não venta, estufa. Apesar do calor, a porta do minúsculo quintal não permanece aberta. Por sorte o rádio do vizinho está desligado. O silêncio se quebra com o irmãozinho do Palacão grunhindo que quer mijar. Ângela não suporta a gagueira do pirralho, pega uma tesoura de cortar pedaços de galinha e faz tiras de esparadrapo que assenta sobre os lábios do silenciado. Vou enlouquecer, diz, e força o menino caçulinha a se sentar conformado no penico.

Os cabelos do pequerrucho, louros e lisos, não abandonam a testa. Nada os prende, nem Glostora, e o rolo adesivo se esgotou no cala a boca eficaz in loco. Agora há que vencer a franja. Irascível, Ângela se lembra da cola que obtém com clara de ovo a fim de grudar os tufos de pelos que a incomodam neste filho. Desiste. Detesta a provável gritaria a tolerar mais tarde na remoção da goma. Mas não se rende. Quer modelar o penteado dele. Ela reúne com grampos a mecha, sem sucesso, zombando que ele parece um viadinho. Nervosa, envolve o cocuruto da criança com um elástico que usa na coxa para prender a meia de nylon, dessas que os americanos disseminaram depois da guerra. Dá certo. Felizmente este segundo filho rumo à obesidade devora tudo, não sobra nada no prato, qualquer que seja. Desta vez, não usou a tesoura, última ferramenta, cortando as mechas inaceitáveis.

— Então, Palacão, come. Se esfriar jogo no lixo.

Na boca do guri está uma bolota de legumes que mastiga e não engole. Isabel move as sobrancelhas, intui que neste terreiro algo está para acontecer. O tempo não se esfuma, não se disfarça. Palacão ergue-se, pula e corre em furibunda reta, zarpa para o corredorzinho que conduz da cozinha ao único banheiro da casa, mas tromba com a tábua de passar roupa atravessada em diagonal nos dois metros entre paredes. Sobre ela, uma pilha de roupas passada para toda a família aguarda a acomodação nas gavetas e armários.

Palacão vomita.

Um longo jato com *minestrone* atinge meias, cuecas, calcinhas, toalhas, a camisa Volta ao Mundo do pai, lenços, uma saia plissada e uma blusa de *Banlon*. O aroma azedo se propaga. Num átimo, outra golfada e mais outra com bílis esverdeada para repulsa das mulheres.

Outro refluxo, uma aluvião.

Sob entusiasmo de assassina, Ângela olha enojada para o vasto líquido recheado de sólidos bem mastigados. Dá um tabefe na bunda do garoto que não chora. Dá outro, este no rosto. O garoto sofre quieto. Cumpre a ordem do pai que repete que homem macho não chora. No terceiro tapa, o mais forte, continuado o silêncio, repicam-se tapas na cara.

— Palacão, sacrifico minha vida e é isso que me devolve? Tira essa roupa suja. Já para o banheiro de castigo. Vá pelado mesmo, hoje não tem mais calça limpa. E vou avisando que pretendo contar todinha esta malcriação para o seu pai. Espera ele chegar.

Isabel, encostada no fogão, dirige-se à dona Ângela.

— Em Serra Talhada, a barriga dos meus irmãos dói de rolar no chão à espera de três colheradas de farofa. No monte de roupa em cima de um caixote, meus irmãos não perguntam nada, pegam aquela que está por cima. Trocam de vez em quando. Difícil de lavar. Só pode pegar água em latinha para beber aos golinhos.

Tomada de raiva, Ângela fica inerte, olha para o piso e sente engulhos, enquanto Isabel apanha um rodo que começa a arrastar nos linóleos.

— Dona Ângela, nunca limpei cuia na torneira. Na minha casa de barro e sapé, não tem cano, nem vidraça. Minha mãe lava as canecas numa baciada. Na seca, às vezes, passa o carro pipa do governo. Não atrasa porque não tem hora. Só no fim da missa, para quem assistir ela inteirinha, o padre deixa meu pai tirar um tacho da cisterna. Precisamos carregar o tacho por duas léguas até nosso terreiro, sem derramar uma gota. A gente teve de vender o jegue. Entrando em casa, tem que ferver, lá vamos os filhos catar lenha. Mas fique sossegada, dona Ângela, eu limpo tudo, esta sopa não mancha. Dá licença d'eu ir comprar palha de aço, sabão e goma na vendinha? A senhora não se preocupe, penduro a conta no caderno do seu Joaquim, depois seu marido acerta. Também dou banho no Paulinho. Só peço um favor: que a senhora ligue o fogo do aquecedor, porque tenho medo. Despreocupe que o tempo carcome tudo. Hoje eu saio mais tarde, ainda pego o último ônibus. Preciso arrumar meu quartinho na pensão. Não posso perder a folga da quinzena.

Bicicleta

Como numa parábola, esperou até os doze anos para ganhar a primeira bicicleta, masculina, roxa, das grandonas da imponência da Caloi. Daquelas que crescem e empolgam com o vento, escamas da liberdade. Os pais adiavam porque temiam um acidente. Com ânimo molengo, confiavam no filho, mas não no destino. Temiam um céu místico que não desinflama, que pune a ousadia dos tolos, diante de Baruch Dayan Haemet (O juiz da Verdade).

Pressionados pela comunidade que cronometra qualquer pasmaceira, ignoravam o ridículo de o garoto, já um metro e setenta, não usar calças compridas antes de ele consagrar a maioridade religiosa na sinagoga. A fúria da fé moía a paternidade.

Lojlstas no Brás, a família não tinha defesa dos próprios temores cabalísticos e sociais. Na Celso Garcia, ao lado da super Pirani, vendiam fogões, discos, móveis e o sonho de consumo do jovem sobre dois pneus.

Antes da maturidade, nunca tolerei esse adiamento, cretinice sem perdão no sumidouro mais profundo do mundo. Quer dizer, nos bastidores da minha cabeça.

No verão de 1956, a carreta de entrega chegou quase meia noite, no Edifício Planeta, na rua Arthur Assis, no Boqueirão, ponto nobre da orla de Santos, onde eu passava as férias escolares com a mãe, período em que o pai se refestelava com amantes na Capital.

O porteiro lusitano refazendo a vida, um simplório, torcedor do Benfica, sobrevivente das batalhas de libertação de Angola, de sincera aversão à desordem, inflado pela igreja pentecostal, homem de outros mares e sonhos estranhos aos moradores do prédio com jeito de pombal, contaminado pela alegria irradiante do adolescente, desligou a televisão, sua principal companheira na portaria, e concordou em encher os pneus da recém-chegada com a bomba de ar anexada.

Irrefreável, eu decidi dar a primeira volta com o farol aceso, movido pela energia elétrica da pedalada. Calibrado o desconfortável selim, minha querida bicicleta provocaria lampejos de inveja nas minhas primas, que não me enchessem demais o saco para emprestar. Elas não ganhavam presentes tão caros, sabendo que minha Caloi era um coice na veia dos seus ressentimentos. Ora, banho nós tomamos juntos até pouco tempo atrás, antes dos pelos dominarem o púbis. Que não me acuem, não tolham a minha livre mobilidade. Em meia hora, sozinho, por mim e mais ninguém, vou ao Guarujá ou a São Vicente. Se bobear visito até a Praia Grande.

Sair do Edifício Planeta obriga a usar a rampa de 45 graus da garagem, o que equivale a descer do primeiro andar direto para a rua. Nesse trajeto, o entusiasmo não combina com prudência. Segundos bastam para uma vida inteira mudar, instantes podem ser lesmas na memória, seus esconderijos se espalham tanto quanto histórias inventadas. Não foi em câmara lenta que eu me esqueci de instalar corretamente os breques. Nem foi devagarinho que me enfiei no declive rumo à rua. Júbilo deste tamanho só se repetiu quando deslizei as meias de seda nas pernas da minha primeira namorada.

O desastre se apresentou nos primeiros metros da descida. Um violão flamengo, em volume intenso, que vinha de um carro se aproximando, antecipou a sensação do que iria acontecer. O rádio do veículo encaixava sua intensa harmonia, seu tresloucado ritmo sevilhano, palmas e sapateados acelerados, ilustração compatível com a minha felicidade da aventura de metros de vento no rosto.

Tive consciência no micro tempo da cinematográfica descida descontrolada. Senti o fedor do próprio grito, calafrios na carótida sem poder fazer mais nada. Provei o que é ser tragado pelo terror.

Foi estrondoso o choque com o Fusca branco que passava perpendicular à minha banguela, ia em direção à Con selheiro Nébias, trincando para sempre meu septo do nariz no retrovisor, o joelho na porta manchada de roxo. O motorista, em infeliz coincidência, em lugar errado, na hora errada, se escafedeu assustado, provavelmente era menor de idade inabilitado. Desses que em Santos dirigem escondidos o carro da família, logo que as caipirinhas derrubam os adultos a dormir.

A vizinhança do Planeta acorreu com o alvoroço. As janelas dos pombais humanos se apinharam de curiosidade. Não havia bula corretiva para a besteira, álibis para a perda dolorosa da bicicleta. O zelador revelou-se enxadrista de sonhos e diplomata de tormentas; calou-se fiel às gorjetas da família. Um rabino transeunte apenas disseminou ensinamentos, que Deus guarda a sorte para os momentos realmente importantes. Para mim, soprou um mantra no ouvido, que servisse sempre: é pelas ervas daninhas que pétalas vão se mostrando.

Gemer na cama com dores pelo corpo não evitou a reprimenda da mãe pela molecagem. A cicatriz na tíbia da perna direita nunca mais desapareceu, depois de a agulha de um pronto atendimento da Santa Casa remendar a carne. As marcas foram alinhavos cozendo as sombras da lembrança.

Mas nada é só ruim, com as meninas eu exploraria o episódio como uma prosódia radical de um futuro escritor ou poeta. Elas fingiam não captar a egolatria de formação e de humildade do boyzinho do Boqueirão. Empolado eu encerrava a narrativa do episódio com filosofia de botequim: tudo que passa é real, o tempo não é disfarce, além de clichês na vida é o que ficou.

A novela fora da gaiola, melhor paródia de verão, até hoje retorna soberana. Por noitadas adentro, vai e vem — cada fotograma se sucede várias vezes, embrulhando o futuro e o presente. Tento fazer limonada desse limão, inventando frases de efeito, insensatez não ensina, cria. O tempo não carcome, grisalha tudo. Ora bolas, o desejo de ter sido superou a quixabeira macia da morte. Para que serve a liberdade senão instrumentar o saborear a vida plena?

Essas frases associadas e outras decoradas faziam sucesso nos bailinhos com vitrola nos veraneios do Boqueirão, quando os pais trabalhavam em São Paulo. Enquanto trocavam o vinil, o poeta distraia as bailarinas que ainda nem menstruavam, recitando *A Noite da Bicicleta*: eu sou o lago, a água é mais rápida que o sangue, continuamos vivos porque ele coagula e ela evapora. A posse de uma bicicleta não é menos do que destruí-la. A brisa pela rampa do Planeta é reserva dos anjos.

Velocidade

— Vamos nos separar, Adão, o casamento acabou.

Se palavra tem consequência, o silêncio que se fez, também. Um instante depois de sair do banheiro do pequeno apartamento, quieto, o menino escutou pela porta do quarto a mãe, em alto e bom som, romper com o pai. Era domingo, nove horas da manhã. Esqueceu de puxar a descarga, ouviu ruídos inexplicáveis do que pareciam socos, gritos de dor, de gemidos e, por fim, o anúncio da separação. Foi tudo muito rápido, mas devastador.

Tinha acordado cedo, vestia a roupa preparada pela Ângela esperando para ir ao cine Metro com o Adão. Adorava a matiné com desenhos animados do Mickey, Donald e Hortelino Troca-Letras. Na plateia, jogava avião de papel que o pai dobrava às tantas, da fila da frente para as de trás.

O guri recebeu a paulada sonora mal saía do modesto banheiro ligado à sala por um pequeno corredor, acinzentado pelo tempo, cortado ao meio pelo quarto do casal. Na sala de jantar, tinha interrompido a leitura do Pinduca, que ganhava semanalmente. Este trajeto de seis metros foi o pior da sua vida. Essas palavras soaram como trovoadas diante da máquina de costura estacionada imóvel e muda no diminuto percurso.

Como alguém pode querer se separar daquele pai, um herói. O único morador que dirigia um Chevrolet 51 no predinho de três pavimentos, melhor dizendo, único na rua inteira, um atleta que remava de madrugada no rio Tietê, um homem que, em casa, sabia fazer de tudo um pouco. Que consertava qualquer coisa que estivesse quebrada.

Ele não pôde conter o sentimento de horror. O que seria de seu irmãozinho, do sustento, da moradia, da escola, da mãe? E nunca mais andar de Chevrolet?

Nem soube como, mas começou a chorar convulsivamente. Com um descontrole que não conhecia em si mesmo, tanto que venceu a proibição, abriu a porta e entrou no quarto dos pais.

Surpresa, mais que espanto, lá estava de pé o pai de cueca, barriga zerada e enorme umbigo saliente, muitos pelos no peito de urso, óculos escorregando no nariz, os muques, a força, o orgulho. A mãe deitada na cama do casal diante da penteadeira, agora com o espelho trincado, de camisola transparente, largada de um jeito como nunca a tinha visto. Pálida, ensopada de lágrimas.

— Mãe, por favor, não separa, promete? Não separa, não faça isso, jura que não. Eu imploro, mamãe. E, eu?

Ângela só fazia chorar, nada saia de sua garganta travada, apenas passava as mãos carinhosas nos cabelos do filho ajoelhado no chão, na altura da cabeceira molhada de suor. Verão calorento, mas a janela, a veneziana, a cortina, tudo fechado para a rua. Por sorte, o bebê caçula estava na casa da avó que dava uma trégua para Ângela, uma folga de um dia por semana.

— Vocês brigaram por minha causa? Dirigindo-se ao pai. Me põem de castigo. Podem me bater. No que eu preciso melhorar? No bar dos italianos, jogando porrinha, você disse que eu venho de uma melancia estragada da feira, o que que eu fiz de errado?

— Arrume suas coisas Adão, saia daqui. Desapareça. Nunca mais vai ser do seu jeito.

— Não pai, espera, soluça o pequeno.

— Se você não sair dessa casa agora, saio eu, vamos para a tia Adelina, filho. Esse homem é um monstro, nós não podemos mais ficar perto dele.

Silêncio de um minuto, dois, três? Pousados no ritmo paralisante, ninguém se move. O espelho da penteadeira deformando a imagem de cada um. Uma eternidade? O menino para de chorar e de soluçar. Para ele, as frases dos adultos começam a passar depressa demais, numa velocidade que não era possível entender o que diziam. Ao contrário, o entendimento do menino ficou lerdo, analfabeto. O inferno infestou-se no descompasso das palavras.

— Má eeee, nã o se i o queee, a com te ee cceee co mi goooo.

Apenas a palavra mãe soou audível. O resto parece que escorreu para um abismo. Não, não houve desconexão, mas mudou a rotação do mundo. Um sofrimento substituindo outro.

No pânico, Ângela captura o gesticular do filho; intuitiva abraça o pequeno que levemente tremia, não era febre, não reagia, ingressava descarnado noutra dimensão.

Em pensamento, o garoto se desespera: como contar no Grupo Escolar? Como contar para o Maurício do segundo andar? Terá comida, roupa, médico, mãe, pai? Como cuidar do maninho? As perguntas se acumulam e os sons não atingem seus ouvidos.

Adão o sacode. Não se trata de estapear o rosto, para reverter uma histeria. Inútil. Grita por seu nome, oferece salvar a família, se confessa doido e sonhador, que esperasse por uma festa, pois o melhor dela era desde já esperar por ela. Compraria a bicicleta de duas rodas no Natal, deixaria ele jogar bola na rua, mas a expressão do filho era de quem estava ausente. Um dia te levo para a Disney.

O garoto não compreendia patavina, havia limpado a cena na manga do desentendimento, que agora não decifra nem devagarinho.

— Paa ra mim, voo cêes faa laam rá pi do. Dáaa praa deeee vaaagar?

Por hoje basta

— Em 3D, cada um copiará o pé, a mão, a orelha e o nariz de pelo menos um colega. Dê-lhe argamassa dentro e fora. Dê-lhe voz como escultores do ar. Posteriormente, colocarão as imagens em movimento em realidade aumentada, vibrante, amarrotada. Será uma boa forma de aprender que sonhos de liberdade são lágrimas antecipadas. Que a sudorese diminui com a idade, mas há dedos úmidos. Alguma pergunta?

— Professora, nessa escala os corpos reproduzidos são úteis? Suponho que uma cópia levita sobre o nada, que a cópia não repete, mas rima com inanição, morte. Creio que entramos numa era em que a afetividade se separa da linguagem.

— Interessa que em pessoas nada mais está inteiro, mas entalhado. Humano é o pânico, a desrazão, o medo, a loucura. Ao copiar, entrarão numa casa vazia, escura, cheia de móveis cobertos por lençóis brancos. Saberão que mãos biônicas podem lavar louça, quanto adianta cutucar feridas, a encenação das faces de uma floresta de afetos indistintos. Na cópia não se pode desperdiçar uma crise como uma oportunidade. Nela, intangível é o apetite que tudo deglute, às vezes a seco às vezes em procissões enxarcadas.

— Professora, sua matéria garante a entrega do quê? Foi por isso que me meti no seu curso, creio que promete exercitar nosso olhar por trilhas antes inexistentes. Busco viver minha vida sem tempos mortos. Posso?

— Chá de pouco caso também é um começo. Em quatro anos o aluno saberá copiar um cérebro humano inteiro, conhecimentos, memórias, sentimentos, um coração audaz e outro covarde. Por ora, o corpo já é a senha em caixa eletrônico, aduana, banco, clube, edifício, e só faz crescer a importância da política da imagem. É uma fogueira que arde sem se ver, aprisionada pelo desejo. Há que saber construí-la, aproveitá-la, desvendando como, onde, quando e, paralelamente, por quê. O desafio é dar conta disso sabendo quanto o processo é complexo. Trata-se de uma proposta que não espera a evolução de novas cartilhas éticas, sempre em discussão. Caminha junto enquanto o atrás será apenas uma saudade, digamos, de perto. Ou de longe? Tão simples como criar patos no quintal, cozer uma buchada.

— Quando dominaremos a ciência do movimento? Mal se sabe o que é o tempo, demônio ou anjo. Criadores de máquinas, conseguiremos proteger-nos do momento em que elas nos enxergarem como obstáculos?

— A resposta é um pasto careca, uma tristeza, não tem bibliografia. Não saber enforquilha nossa prepotência. A preocupação voa em círculo sobre nós. A navegabilidade é precária. Quando souberem olhar para as máquinas que nos vêm, quando compreenderem que qualquer história pode ser reinventada. Insisto na palavra qualquer e duplamente na palavra história, que será contada a gosto de quem a fizer. Desde o fim do século dezenove verificamos que as ficções criavam ótimos personagens sem total objetividade e sem certezas. Doravante, brincar será recriar completamente, cabendo ou não doses de pragmatismo, função e uso. Será como um precoce envelhecer eliminando o mundo das convenções, das aparências. Anotem aí, quero encontrar nas cópias que me trarão pelo menos dois desses substantivos: lascívia, luxúria, indecência, libido, devassidão, depravação, licenciosidade e despudor.

— Para quê copiariam minha orelha lasciva ou despudorada? Mãos libidinosas? Eu não entendo, não alcanço o sentido dessa proposta.

— Faça poesia com espírito de brinquedo. Logo saberá. Deve-se aprender fazendo, visitando a estética — e, mais tarde será a vez do erro e do ruído; seja ou não instrumentando a memória aplicada como souvenir descartável; e, mais adiante, todos poderão se empanturrar de sintagmas e morfemas na esfera do pouco importa, do nem lá nem cá, do antes e do depois, do resto que se dane. Enquanto isso, o amanhecer continuará igual para amantes e padeiros, travessos e bandalhos, galhofeiros aos pinotes. O passado continuará invadindo o futuro e alterará o presente, às vezes num tribunal inesperado. Talvez se saiba prever e utilizar o esquecimento, curiosamente embaixo de flâmulas novas. Aceite que palavras ou imagens jamais coincidirão com as coisas de onde procedem, vale dizer, nunca uma foto ou um texto reproduzirá ou abarcará a totalidade — por exemplo — de uma mesa. Tente você. Escolha o idioma.

— Aproveitando esta távola do nunca, eu nunca vi um curso começar assim, mestre. Sua fala é um enigma, professora, não entendo patavina. É verdade que vale a pergunta em que mundo vivemos. Mas ninguém mais sabe.

— O ser humano é a brecha no jogo que jogaremos. Se a arte representa a realidade, convém anotar qual arte e qual realidade. Nem tudo será arte, para que nada seja arte. E o próprio verbo *representar* será outro, terá novos alcances e novos limites.

— Senhora. Não tivemos tempo sequer de olhar para alguém do lado. Durante toda a minha infância e juventude minhas aulas começavam pela pergunta quem é você. Nós nos apresentávamos uns aos outros.

— Copie o jovem ao lado em 3D, como estou determinando. Não se amofine. Se quiser, você até pode se interessar por ele. Faça-lhe perguntas. Palavras não são mais cobertores embrulhando as andanças. O tempo é agora. A geografia é o cosmos, estrelas anãs e novas explodindo e implodindo, buracos negros engolindo galáxias, inclusive a nossa. Os computadores que nos enxergam descrevem padrões, linhas, formas, densidades. Considere que, ao lado deles, os sistemas, as máquinas, criam alteridades com novas intersecções, interdições e exclusões. Você pode desligar o celular, mas não seu corpo. Quem sabe até intermitentemente. Revisaremos a natureza nesta guerra pelo controle de nossa intimidade, neste proliferar de eugenia cibernética, nesta inflação de adjetivos e metáforas.

— Copiar parece braçal.

— Engano. Verá que a impressora acrescenta, ela tem uma visão artificial que não temos. Ela não mede a sua febre e não o impede de entrar num avião. Mas adentra seu corpo poroso sem tocá-lo. Realiza um avatar de personalidade descontrolado, independente. Eu sou ele e não sou, dilata pupilas e — pela fronteira da pele — erra (inclusive no sentido de viajar) na acepção do seu dentro e do seu fora. A 3D nos sequestra para longe de nós mesmos. O que é real ou brincadeira? Presença e ausência não são mais emolduráveis. Nosso olhar se torna espuma de fantasmas... Ei, você no canto, isso mesmo, é, você mesmo aí na parede, está muito quieto. Não aprova a nossa proposta?

— Mestre, ouvi tudo sim. Acontece que esta noite meu corpo se separou de mim, me queimavam fagulhas sorrateiras. Andei por aí como um cavaleiro de armadura de amor. Encontrei a senhora no Jardim da Luz, na beira do laguinho dos patos. Me abraçou, mas não tinha carnes. Meu esqueleto dormia, meu desejo não, e no passeio atrás da Pinacoteca a senhora existiu comigo.

— Garoto, tive o mesmo abraço no parque. Não sabia que foi seu. Não se sabe as razões dos algoritmos, sua virtualidade compõe o real em novo alfabeto aplicável para leitura das formas e dos respectivos teores. Não quero dar spoiler, mas aqui na escola investiga-se a teoria dos jogos, dos dados e outras. Pesquisadores preparam os bytes para os replicadores do acaso estatístico digitado. Ingressam como brasa nas vísceras. Realizam um decalque do concreto que já corre nas artérias, mal seu cimento começa a secar.

— ??? Tão complicado, um quebra cabeça, uma charada? Avatares no parque? Olho nos seus olhos e parecem de touro preso numa canga.

— O Departamento discute o corpo dormente e o espírito vagando. Não explica entradas e saídas no espelho, meu enrosco na fronha do travesseiro, nem os ataques noturnos no pote de geleia da geladeira. São indecifráveis trajetórias paralelas sobre o mundo inventado que ainda navegam dentro de uma neblina. Calma, sem açodamento. As teorias estão em elaboração. Chegaremos lá.

— ??? E eu, aluno? Apenas me deixo conduzir pela água corrente?

— Fake ou não, ante um homem que respira, pode-se inserir vertigens de uma trapaça fumegante, opaca, fosforescente, passada e presente, que desaparece ao carregar mais conhecimento.

— E se eu não conseguir?

— Aguarde, confira se está no lugar errado, na hora errada. Concluindo, turma, um aviso: depois do intervalo, a programada Antonieta, de terceira geração franco-alemã, estará em manutenção, então a aula será dada pela nossa Catarina, formulada em São Petersburgo, montada aqui no Instituto do Amanhã, em São José dos Campos. Catarina foi premiada na feira eletro/eletrônica de Munique no ano passado, um selo avançado da quinta geração russa. Por fim, cada um siga para sua bancada e descubra do que dispõe para o exercício e peça apoio do bedel se der falta de qualquer amparo, solte suas eclusas nas ondas do imaginário. Bem, e por hoje basta.

Este livro foi composto em Minion Pro
e impresso em papel pólen bold 90g/m²,
em novembro de 2024.